ヤクザと家族

原案／藤井道人
ノベライズ／豊田美加

角川文庫
22598

目次

人物相関図

柴咲組

昔ながらの義理人情を重んじる地元のヤクザ

柴《しば》咲《ざき》 博《ひろし》（組長）
中《なか》村《むら》 努《つとむ》（若頭）
竹《たけ》田《だ》 誠《まこと》（舎弟頭）
豊《と》島《しま》徹《てつ》也《や》（舎弟）
山《やま》本《もと》賢《けん》治《じ》（若頭補佐）
細《ほそ》野《の》竜《りゅう》太《た》（山本の舎弟）
大《おお》原《はら》幸《こう》平《へい》（山本の舎弟）

← 元組員と家族

木《き》村《むら》 一《はじめ》（元若頭）
木《き》村《むら》 翼《つばさ》（半グレのリーダー）

↕ 敵対

侠葉会

覚せい剤にも手を出す新興の経済ヤクザ

加《か》藤《とう》雅《まさ》敏《とし》（組長）
川《かわ》山《やま》礼《れい》二《じ》（若頭）

静岡県警組織犯罪対策本部

大《おお》迫《さこ》和《かず》彦《ひこ》（刑事）

→ 取り締まり（柴咲組へ）
→ 取り締まり（侠葉会へ）

プロローグ

……朝の海は、こんなに昏《くら》かったっけな。

ゆらゆらと血を纏《まと》って沈みゆきながら、男は思った。

不思議と痛みは感じない。冬なのに、水は冷たくもない。ただ無音の世界。

死に際は思い出が走馬灯のように蘇《よみがえ》ると言うが、思い浮かぶのは、幸せそうに笑う妻と子の顔だけ。

……そして、親父の顔だ。

なぜ、こんな生き方しかできなかったのか。

後悔のようなものが、刹那《せつな》よぎった気がした。

次の瞬間、海面から射し込む光が見えた。

男は懸命に手を差し伸べる。その光を摑《つか》もうとするかのように。

けれど、光はゆっくりと遠のいていった。

――いいんだ、これで。

男は不思議な安堵《あんど》の笑みを浮かべ、漆黒の海の底へ落ちていった。

第一章　一九九九年（平成十一年）

雲ひとつない冬空を、数羽の海鳥が舞っている。

入江の海は、波も立たないほど穏やかだ。

目に映るもの、全部がバカバカしかった。

葬儀の場所は、町の片隅にある老朽化した公民館で、玄関脇の『山本《やまもと》家告別式式場』というちっぽけな立て看板がなければ、うっかり通り越してしまいそうだった。

車が二台ほどしか駐車できない狭いスペースに、ババババババ……とけたたましい音を立ててスクーターを乗り入れる。

真っ白のダウンジャケット、ズボンもスニーカーも白一色。金髪に染め上げたぼさぼさの頭と二連リングのピアス——スクーターを降りた青年の異様な姿に、というよりも荒々しいその顔つきに、受付に座っていた女性たちは不自然に目を逸《そ》らした。

受付を無視して通り過ぎ、中に入っていく。折りたたみのパイプ椅子が並んだ一室に、お経と木魚の音が響いていた。

お棺と遺影と白木の位牌《いはい》、喪主の名の供花が一対飾ってあるだけの侘《わび》しい祭壇で、壮年の男の告別式にしては、弔問客も数えるほどだった。

口の端に血を滲《にじ》ませた、背の高い青年――喪主である山本賢治《けんじ》は、まっすぐ祭壇に向かった。焼香もしなければ手すら合わせず、父親の遺影に向かって面倒くさそうに小さく舌打ちする。

山本は両親の若気の至りでできた一人息子で、母親は九年前、山本が小学校四年生の時に乳がんで病死していた。祖父母もすでに他界しており、ほかに親類縁者はいない。いや、いるにはいるが、この数年はまったく疎遠になっていた。今日の告別式にも誰ひとり姿を現わさず、親族席は見事に無人だ。

無理もない。方々に借金しまくったあげくに殺されたシャブ中の男なんか、金輪際関わり合いになりたくないだろう。

山本が喪主席に腰を下ろすと、後ろのほうに座っていた眼鏡の中年男がやってきて、山本との間にひとつ席を空けて座った。

「なにやってたんだおまえ、こんな時に」

父親の正治《しょうじ》と中学まで同級生だった、大迫《おおさこ》和彦《かずひこ》である。自分にも息子がいるからか、あるいは仕方がなかったからか、検死のあとの遺体の引き取りから葬儀の手配まで、山本の代わりにすべて大迫がやってくれた。

大迫がふいに手を伸ばし、山本の手首を摑んで引き寄せた。誰を殴ってきたのか、拳《こぶし》が赤く腫《は》れている。

うるせぇよ、というように山本は大迫の手を振り払った。

「ったく……」

大迫は苦笑交じりの溜息《ためいき》をつくと、「……あっけねーよなあ」と黒い額縁に収まった友人を見やった。一流大学を出て大手証券会社に就職し、東京本社勤務にまで出世した友人は、大迫の自慢であると同時に羨望《せんぼう》と嫉妬《しっと》の対象だった——バブルが弾《はじ》けて会社が倒産するまでは。

「……ケン坊。このあと、顔出せ」

そう言った大迫の顔は、所轄署の刑事のそれに戻っている。

山本は身じろぎもせず、ぎらつく眼で父親の遺影を見つめていた。

中二の頃からロクに学校も行かず喧嘩《けんか》に明け暮れ、高一の時には、ゲーセンで絡んできたチンピラ三人を半殺しにして年少（少年院）送りになった。そんな山本にとって、所轄の煙崎《たばさき》署は、実家よりも身近な場所とも言える。

別におまえを疑ってるわけじゃない、身内は調べろっていうのが決まりみたいなもんだ。大迫はそう言いながら、検尿用の紙コップを山本に渡してきた。正治の死体から、覚《かく》せい剤《ざい》の摂取が確認されたからだ。

山本は大人しく小便器に向かった。

トイレまでついてきた大迫は、タバコをふかしながら山本を待っている。

「おかしなもんだよなぁ。景気悪くなるとシャブ打つ人間が増えるって」

山本の父親が初めて覚せい剤に手を出したのは、寝たきりの祖父が亡くなった四年前頃だろうと思われる。

仕事と社会的地位を失い、親の介護をするためという理由で故郷に戻ったが、その大義名分がなくなってしまった。唯一残された息子は、地元で札付きの不良だ。完全に無気力になった父親は、職探しもせず生活保護に頼り、遺産を食い潰《つぶ》して暮らすようになった。

そして山本が少年院を出てきた時には、正真正銘のシャブ中になっていた。

「せめて俺がパクってやってれば、正治も死なずに済んだのかもなあ」

大迫は、知能犯や暴力団、薬物・銃器関係の犯罪を扱う刑事二課の巡査部長だ。

山本の父親は二年前に一度、覚せい剤所持で捕まっている。初犯だったため、ひと月もせずに留置場から出てきて、懲役一年六ヵ月執行猶予三年の判決が下された。

その頃にはもう、山本は家に寄りつかなくなっていたが、あの時、大迫が刑務所にブチ込んでくれていれば、父親は覚せい剤を買うために借金地獄に陥ることも、顔の形がわからなくなるまで殴られて殺されることも、潰れたペットボトルのように海に浮かぶこともなかったかもしれない。

「ケン坊。お前、これからどうすんだよ」

真面目に生きてきた大人が必ず口にする言葉だ。

「お前は父親みたいになんじゃねーぞ」

親戚《しんせき》のおっさんやおせっかいな近所のババアからも、同じセリフを挨拶《あいさつ》代わりに言われてきた。

「……おめーに関係ねーだろ」

どうせ父親と五十歩百歩の、ロクでもない人生だ。

山本は検尿コップを置き、さっさとトイレを出ていった。

「大丈夫かなぁ、もうけっこう経つよ」

警察署の前で、大原幸平《おおはらこうへい》はスクーターに座って山本を待っていた。

「ねぇ、聞いてる？」

返事はない。山本と同じく金色に染めた短髪の細野《ほその》竜太《りゅうた》は、スクーターのハンドルに足を乗せ、シートに背中を預けてブレスレットをいじっている。

ふたりは小学校時代からの友達同士で、山本よりひとつ年下の十八歳。山本を慕って、毎日のようにツルんでいる。

大原が、おい、と細野の肩を叩《たた》いて立ち上がる。

署の玄関から、山本がぶらぶら歩きながら出てきた。

「お疲れ様です」

「おう」

細野はハンドルから足を下ろしたものの、うつむいたまま山本を見ようとしない。普段はお調子者のくせに、妙に神経の細いところがある。山本はかすかに笑みを浮かべ、タバコの火をつけると、細野に言った。

「なにシケたツラしてんだよ。ほら、行くぞ」

細野の肩をポンと叩き、山本は自分の白いスクーターにまたがってエンジンをかけた。ノーヘルのくわえタバコで、先に警察署を出ていく。

そのあとに細野と大原が続いた。

静岡県煙崎市。駿河《するが》湾に面した、人口二十万人余りの県下第四の都市だ。市の真ん中を、日本三大急流のひとつ、富士《ふじ》川《かわ》が流れる。豊富な水資源は製糸工場を中心とする工場地帯を発展させ、あちこちでもくもくと煙が立ち上っている。

山本も細野も大原も、この煙崎市で生まれ育った。

ただし山本は、大手証券会社の支部長だった父の転勤で、小四の終わりから三年ほど東京で暮らした期間がある。だが万事控えめだった母親は亡くなり、父親はバブル景気の真っ只中《ただなか》で仕事にのめり込んでいたため、孤独だった記憶しかない。

子供の頃から口より手が早かった山本は、転校先の学校でもしょっちゅう問題を起こした。

ある時は、子犬を池で溺《おぼ》れさせようとしていた同級生を蹴《け》り飛ばした。

ある時は、その仕返しにやってきた同級生の兄と助《すけ》っ人《と》の友達数人に囲まれ、殴り合いになった。

山本が喧嘩慣れしていたせいもあったが、公立とはいえ上流家庭の多い地区で、塾通いをしていないガラの悪い子供は有無を言わさず加害者の役割を与えられる。

いずれの時も、大人に理由を訊《たず》ねられたことは一度もない。

気づけば教師やほかの保護者から腫れ物に触るように扱われ、同級生は次第に怯《おび》えて近寄らなくなった。山本が無口なのは、学校でも家でも、ひとりでいる時間が多かったからかもしれない。

唯一の肉親である父親はと言えば、授業参観や学校行事はもちろんのこと、教師に呼び出された時でさえ学校に顔を出したことはない。

そんな山本にとって、火葬場の煙突から出る煙も、工場の煙突から出る煙も、なんら違いはなかった。

　三台のスクーターは、工場の建ち並ぶ川沿いの道路を、爆音を立てて疾走した。

　山本は風に向かって顎《あご》を反らす。この瞬間だけは、頭の中のあれやこれやを風が残らず吹き飛ばしてくれる。

　誰が父親を殺したか？　どうでもいい。

　天涯孤独の身の上？　いっそせいせいした。

　夢？　希望？　将来？　そんなもん知るか。

　山本は空っぽの頭で爆走する。

　三人は繁華街の脇道に入った。

　個人経営の小さな居酒屋やスナックが並び、景気が悪いとはいえ夜にはそれなりに賑《にぎ》わう通りも、昼間はほとんど人気《ひとけ》がない。

　先頭を走っていた山本が急にスクーターを停め、路駐している白い乗用車を振り返った。どうしたのかと、細野と大原もスクーターを停める。

　自転車に乗ったスウェット姿の男が、乗用車の運転手から何かを受け取って走り去っていった。

山本は、ふいにスクーターをUターンさせた。

「賢治さん？」

戸惑っている二人を残して、スクーターを白い乗用車に横づけする。

「……なんだおまえ？」

帽子をかぶった顎ひげの男が、運転席の窓から胡散臭《うさんくさ》そうに睨《にら》みつけてきた。

「売ってくれよ。いくら？」

いかにも慣れた様子で取り引きを持ちかける。

「あぁ……ウチ新規さんは受け付けないんだよね、誰かの紹介ないと」

やっぱりヤクの売人か。

「……山本。山本正治」

父親の名前を告げ、タバコを深く吸い込んでから地面に投げ捨てる。

「あ～……山本さんね。どれくらい欲しいの？」

顔なじみの売人だったらしく、男は助手席に置いてあったセカンドバッグを手に取り、ファスナーを開けた。

山本はすばやくバッグの中に目を走らせた。

小さなビニール袋に小分けされた覚せい剤のパケが、ぎっしり詰まっている。

次の瞬間、山本はいきなり男の顔面を殴りつけた。

「ガッ!!」
二、三発殴ったあと、今度は窓に片足を突っ込んで思いっきり蹴りを入れる。
両手で頭をガードしようとした売人からセカンドバッグを奪い取り、すかさずまたUターンしてスクーターを全速力で走らせる。

「おい！　てめえこのクソガキ！　こらぁ！」

背後で男の怒鳴り声がする。

「行け行け！」

車のエンジン音を耳で捉《とら》えながら、細野と大原の間を突っ走っていく。

「ヒョ〜!!」

弟分のふたりは歓声をあげ、山本のあとを追った。


細野と大原が山本に出会ったのは、ふたりが中学二年生の時だ。

突発的に危険なことをしでかす細野と、マイペースだが協調性のある大原はいいコンビで、当時、非行グループの中心メンバーだった。

ただし非行といっても、髪を染めて学校をサボり、ゲーセンにたむろしてタバコを吸い、たまに喧嘩《けんか》や万引きで補導されたり……その程度の、ヤンキーに毛が生えたようなワルだ。

しかしその日、ふたりは少し調子に乗り過ぎた。いきがって街を流していたところを、地元のゴロツキに目をつけられたのだ。

「おいボウズ。こっち来い」

引っ張り込まれた路地で素直に有り金を渡せば、何発か殴られて終わりだったかもしれない。だが、細野は連中を甘く見た。中二のわりに体が大きく、他校の生徒との喧嘩では負け知らずだったから、多少慢心していたせいもある。

抵抗するうち、さして強くないパンチが、ゴロツキのひとりに当たってしまった。

運悪く、そいつは狂犬のような男だった。

細野は滅茶苦茶《めちゃくちゃ》に叩きのめされた。中学生同士の喧嘩とはわけが違う。片目が潰《つぶ》れて前歯が一本折れた時は、ほとんどチビる寸前だった。

もともと小柄な大原はダンゴムシのように小さく丸まり、ほかのゴロツキたちから交互に蹴りを食らっている。

狂犬が細野の胸ぐらを掴《つか》んで拳《こぶし》を振り上げた。トドメを刺そうという殺気がビンビン伝わってくる。

死ぬかも――痛みより恐怖で思考停止になったその時、狂犬が「ぐわっ」と声をあげて横に吹っ飛んだ。

細野は、開いている片目を動かした。

上背は一八〇センチ近くあるだろうか。金髪の学ランが、ナイフのように鋭い目をギラギラさせて立っていた。

それが、山本だった。

同中の一年先輩の、地元では有名な一匹狼。百人以上半殺しにしただの、すでにひとり殺しているだの、伝説めいた話が引きも切らない。

細野も大原も話したことはないが、その噂と顔だけは知っていた。

「なんだこの野郎!」

ゴロツキたちが一斉に山本にかかっていった。細野と大原は腰が抜けて、壁際に身を寄せ乱闘を傍観するしかない。

三人を相手にしても、山本に怯えた様子はいっさいなかった。

顔が腫《は》れ上がり、すでにズボンの前を濡《ぬ》らしていた大原が、細野の横で、すげぇ……とため息と一緒に呟《つぶや》く。

殴ったり殴られたりしながら、山本は徐々に形勢を有利にしていった。

同じ中学生でも、山本が自分たちと場数が違うことは、傍目《はため》で見ていればわかる。

大原を袋叩《ふくろだた》きにしていたゴロツキたちが、先に逃げていった。残った狂犬と山本のタイマンになる。多少手こずったものの、山本は狂犬を倒して馬乗りになった。

顔面に拳を打ち込む。

そのたびに血しぶきが上がる。

やがて狂犬はピクリともしなくなったが、山本は無言で殴り続けている。

鬼神のような、どこか禍々《まがまが》しくさえあるその姿に、細野は総毛だった。

「……かっけーっす……」

隣りの大原は、魅入られたように山本を見つめている。

この瞬間、ふたりの運命は決まったと言っていい。

その日を境に細野と大原は非行グループを抜け、山本のあとをくっついて歩くようになった。


夜の漁港に人影はなく、満月より少し欠けた月が海を照らしている。

三人はスクーターを停め、背の高い防波堤に登った。

吐く息が白い。冬でも比較的温暖な土地とはいえ、さすがに夜の海風は皮膚を切りつけるように冷たかった。

「おい」

山本が細野に向かって、売人から奪ったセカンドバッグを放り投げた。受け取った細野が、さっそくファスナーを開けて中を見る。

「……やべぇ、マジやべぇ」

細野は興奮気味に札束を取り出した。少なくとも三十万円はあるだろうか。

「わーわー！」

横から覗《のぞ》き込んだ大原も大騒ぎで、細野と札束を奪い合う。

山本はタバコを吸いながら、そんなふたりを横目で見て笑った。

工業高校を一年で中退した細野と、ほとんど高校に行っていない大原、そしてフリーターの山本は、日雇いのバイトで金を稼いでいた。三十万あれば、半月は働かなくて済む。

「賢治さんすげぇ！　最高っす」

大原は座り込んで万札を数えている。山本はその後ろに立って、腰を屈《かが》めた。

「大原、なに食べたい？」

「えー、焼肉かなぁ」

山本が大原の角刈りの頭をわしゃっとする。

最近は体を鍛えて喧嘩もするようになったが、大原はもともとビビりで体も小さい。この角刈りは、そんな自分に気合いを入れるためだという。正直、坊主頭の小学生と大差ないが、そこは武士の情けで黙ってやっている。

山本には家族も友人もいないが、仲間のような弟のような細野と大原のおかげで、幼い頃のように孤独を感じることはない。信頼できる、唯一の心の拠《よ》り所と言ってもいいかもしれない。少年院を一年で出所した時、細野がヤクザのように祝い金を持ってきたのには笑ったが……。

その細野のため息が聞こえてきた。見ると、覚せい剤のパケを掲げ、月に透かしている。

ビニール製の小袋の中で、白い粉がキラキラ光っていた。

「……なんかキレーだなこれ……」

細野がうっとりしたように呟く。

――バカか。山本は細野の手からパケを奪い取った。

「あ！」

地面に置いてあったセカンドバッグにパケを戻し、それごと海に投げ捨てる。

「うわーーっ！」

細野が悲鳴をあげた。

「……やってくれたよ……」

何袋入っていただろうか。百袋くらいか。一パケの相場が一万から一万五千円と聞くから、最低でも百万はドブに、この場合は海にということになるのか、とにかく無駄に捨てたことになる。

「……あんなんゴミだ」

山本は吐き捨てるように言うと、「おい、行こうぜ」と防波堤を飛び降りてスクーターにまたがった。

「オモニ行くよ！」

大原が細野に声をかける。

「半分、賢治さんだな。半分は俺のだ」

防波堤を下りながら細野が言う。

「なんでだよ？」

ふたりの他愛のない言い合いを聞きながら、スクーターを発進させる。

父親を破滅に追い込んだ『覚せい剤』も、それを売った『ヤクザ』も、取り立て屋が根こそぎむしり取っていった『金』も、山本にとっては何もかもゴミだった。


煙が充満した雑多な雰囲気の店内に、四人掛けのテーブル席が五つ、同じく四人ほど座れる座敷席がふたつ。繁華街にある韓国料理店の「オモニ食堂」は、座敷以外、満席で賑《にぎ》わっていた。

『総務庁の労働力調査によると、全国の完全失業率は四・八パーセントとなり……』

店の隅に置いてあるテレビのニュースは、バブル崩壊後の深刻な雇用・失業情勢を告げている。GDP（国内総生産）は長期にわたり低迷を続け、一九九九年の今、国民は後に言う「失われた二十年」の真っ只中《ただなか》にいた。

「はーい、お待ちどうさま！」

店主の愛子《あいこ》が、山本たちのテーブルにサムギョプサルを運んできた。いつものように頭にバンダナを巻き、背中には、もうすぐ二歳になる息子の翼《つばさ》をおぶっている。

「ケン坊、これから大変だと思うけどさ、私のこと、お母さんだと思って頼っていいから」

口先だけのほかの大人たちとは違う、愛子の目には本物のいたわりの色があった。

だがいい歳をして、情けないマザコン男のように甘えるわけにはいかない。

「やだよ、もっと綺《き》麗《れい》な母ちゃんがいいよ」

素直に礼を言えず、つい憎まれ口を叩く。

「ふざけんな！」

愛子が山本の頭をはたいた。もちろん冗談で、漫才の掛け合いのようなものだ。

三人は、一年半ほど前にオモニ食堂がオープンした当時からの常連客だ。料理が美《う》味《ま》いのはもちろんだが、店にしょっちゅう足を運ぶのは、気さくで大らかな愛子の存在も大きい。

「さ、食べな」

　愛子がせっせと三人の皿に肉や野菜を取り分けてくれる。

「今日は絶対、払いますからね」

　細野が言うと、すかさず「毎回払いなさい！」と愛子が返す。

　三人はくすくす笑った。口ではそう言うが、愛子は金のない山本たちにいつも肉をサービスしてくれるし、ツケを払えと言われたこともない。そして、社会からドロップアウトした山本たちを、色眼鏡で見るようなこともしない。

　オモニ――韓国語で「お母さん」を意味するこの店は、三人にとって、ほかのどこよりも温かく居心地のいい場所なのだ。

「愛子さん、ビールおかわり」

　大原が空のジョッキを掲げる。

「わかったわかった」

　その時、店のドアが開いた。振り向いた愛子の顔がほころぶ。

「あ、柴咲《しばざき》さん！　いらっしゃい」

　柴咲と呼ばれたのは、サングラスをかけ、黒いロングコートに白いマフラーを首からかけた、五十代半ばの男だ。

　柴咲は少し笑んで、愛子に小さく手を挙げた。

　山本たちがビールを飲みながら見ていると、柴咲に続いて、凸凹コンビのように身長差のある年配の男ふたりと、最後に薄い色のサングラスをかけたオールバックの男が入ってきた。

四人とも、あきらかに筋者だ。

「どうぞー」

愛子が座敷に案内する。

「……あれ、柴咲組の組長っすよ」

細野が小声で言った。煙崎に昔から根を張る暴力団の名前は、むろん山本も知っている。指定暴力団松桜会《しょうおうかい》傘下の組だ。

「オーラ半端ないっすね」と大原。

山本は顔だけ振り返って、ヤクザの一行を睨《にら》むように見つめた。

サングラスを外した柴咲の右頬に、大きな刀傷が目立つ。

「食べてる？」

店内を忙《せわ》しなく動き回りながら、愛子が山本たちに声をかけていく。翼は奥の部屋に寝かせてきたようだ。

「愛子さん、もう一本」

今度は細野が韓国焼酎《しょうちゅう》の瓶を持ち上げる。

「うん、ちょっと待ってー」

厨房《ちゅうぼう》も接客も会計も、なにもかもひとりで切り盛りしているのだから、息つく暇もない。しかも、愛子は女手ひとつで子育てもしている。

店の隅に親子三人の写真が飾ってあるが、赤ん坊を抱っこして幸せそうに笑っている父親は、翼が生後半年にもならないうちに死んだと聞く。

山本はタバコに火をつけ、また柴咲たちを振り返った。

こっちを向いて座っている、おそらく三十代前半であの中では一番若い、オールバックの薄いサングラスと目が合う。

男はアルマイトの器に注いだマッコリを飲み干すと、ガンを飛ばしてきた。

――受けて立とうじゃねえか。山本もおもむろに体ごと向き直り、メンチを切った。そしてそのまま、ゆっくりと一服する。

男の顔色が変わった。それはそうだろう、本物のヤクザが、チンピラ以下の不良に喧嘩《けんか》を売られたのだ。

思わず腰を浮かせかけた男を、隣りに座っていた柴咲が手で止めた。

ガキ相手に、やめとけ――無言の言葉が聞こえてきた。組長に制された男は山本から目線を外し、また腰を下ろした。

……ふん。面白くねぇ。

山本が体の向きを戻した時、バン！という荒々しい音とともに数人の男たちがドアから雪崩れ込んできた。それぞれ手に武器を持っている。最初に入ってきた若い男が、中国語で何事かわめき散らしながら青龍刀《せいりゅうとう》を振り上げ、柴咲目がけて突進した。

「キャアア！」

ほかの客たちが悲鳴をあげて店から逃げていく。

山本にガンをくれたヤクザが、いち早く柴咲の楯《たて》になり青龍刀の男と素手で組み合った。強い。青龍刀は、中国マフィア抗争で有名になった刃の幅が広い片手刀だ。その青龍刀を手刀で落とし、若い男を叩《たた》きのめした。

年配のヤクザたちも丸腰で、中国勢に殴打されながら激しく揉《も》み合っている。

細野と大原は壁際に立っておろおろしているが、山本はひとり椅子に座ったまま、乱闘を静観していた。

こいつらは、歌舞伎町《かぶきちょう》あたりから流れてきたチャイナ・マフィアの一端だろうか。若い集団だから、ストリートギャング系かもしれない。

中国の黒社会は世界中にはびこっているが、日本では一九九二年（平成四年）の暴対法——暴力団対策法の施行で取り締まりが強化され、動きの鈍くなったヤクザの足元を見て、チャイナ・マフィアが公然とシノギに割り込んでくるようになった。両者は一触即発の状態で、こうしたいざこざが絶えない。

テーブルが倒れ、床に食器が砕け散り、店の中がどんどん破壊されていく。

「やめて！　やめてーッ！」

柴咲の背後に隠れて愛子が叫ぶ。

その時、床に倒されていた青龍刀の男が、ポケットから銃を取り出した。

「動くな！」

中国語で鋭く叫び、周囲のヤクザたちを威嚇するように銃を振り回すと、最後は柴咲に銃口を定めた。

悲鳴をあげる愛子を、柴咲が後ろにかばって銃の男をひたと見据える。

「死ねクソ野郎！」

男が中国語で悪態をつき、引き金に指をかけた時だ。

ゴン、と鈍い音が店内に響いた。

山本に鉄鍋《てつなべ》で一撃を食らい、男はひとたまりもなく床に伸びた。

すでに気絶している男に、山本は何度も鉄鍋を振り下ろす。その執拗《しつよう》さに、ヤクザたちまで呆気《あっけ》に取られているほどだ。

やがて山本は、気が済んだというように鉄鍋をゴロンと床に放った。

「……おめーら、うるせんだよ」

店の赤い照明と相まって、怒気を含んだ山本の顔はまるで阿修羅《あしゅら》のように見える。

シンと静まり返った店内に、パトカーのサイレンの音が聞こえてきた。

「賢治さん！　ヤベ！　ヤバいっすよ！」

細野が山本のダウンジャケットを摑《つか》んで引っ張っていく。

「愛子さん、ご馳走《ちそう》さまです！」

一万円札をテーブルに置くと、大原も慌ててふたりのあとを追った。

「翼、翼……！」

愛子がハッと我に返り、息子を寝かせている奥の部屋に走っていく。

「親父、お怪我は」

柴咲の楯になった男が、乱れたオールバックの髪をかき上げながら訊《き》く。

柴咲は大丈夫だというように軽くうなずいて、山本たちが走り去ったほうを見つめていた。

山本は、めったに帰ることのなかった家に帰ってきた。

祖父の家はとっくにいられなくなり、結局、父親の終《つい》の住み処《か》は、このボロい町営住宅だった。

電気をつける。小さな台所とトイレのついたひと間だけの部屋は、ゴミ屋敷の一歩手前、という荒れようだ。

布団を足でどかし、タバコに火をつける。

祭壇も仏壇もない。食べ終わったカップラーメンの容器や汚れたコップがのったテーブルに、父親の遺影と位牌《いはい》、そして白い布に包まれた遺骨が無造作に置いてある。四十九日の法要まで、ここに置いておかないといけないらしい。そのあとは、山本の母親や祖父母の眠る墓に入ることになる。

山本は、父親の遺影をじっと見つめた。

いつ頃の写真か、表情が若々しい。黒いネクタイと黒いスーツは遺影用の合成らしいが、写真の中の父は、バリバリのエリート証券マンだった頃を彷彿《ほうふつ》とさせた。

自信に満ちあふれていた父親と、気弱だが優しかった母親。最後はボケておむつの世話になった祖父も、まだ元気で漁に出ていた。

幸せだった幼少期の記憶は確かにあるはずなのに、なぜかピンブレした写真のように、思い出そうとするとぼやけてしまう。

段ボールの中に、証券取引や株の売買の専門書が埃《ほこり》をかぶったまま積んであった。

会社から表彰された立派な額入りの賞状も、未練がましく手元に置いてある。

爪先《つまさき》から頭のてっぺんまでシャブに浸《つ》かって生ける屍《しかばね》のようになっても、昔のちっぽけな栄光を捨てられなかったらしい。

すがりつくほどのものだったのか。そんなくだらないものに縛られなければ、もう少し長生きできただろうに――。

　とうとう涙は出なかった。

　山本は背中を丸め、タバコを深く吸い込んだ。線香の煙の代わりに、紫煙が立ち上った。


「おい」

　誰かの声がする。

「……おい！」

　背中を何度か小突かれて、山本はようやく眠い目をこじ開けた。

「あ……？」

　薄い色のサングラスをかけた、オールバックの男が山本を見下ろしている。

　山本の脳はやっと覚醒《かくせい》した。

　昨夜のヤクザだ。

　山本は、家まで迎えにきたヤクザ――柴咲組の若頭補佐、中村努《なかむらつとむ》に命じられるまま車に乗った。山本の住所は、愛子から聞いたらしい。

街の中心地にある駐車場で車を降り、中村の後ろを、ポケットに手を突っ込んでついていく。組長直々のお呼びだというから、どうせ逃げられやしない。

中村は、川を背にして建つ二階建てのビルに入っていった。ガラス扉に金ぴかの代紋と『柴咲組』の文字が書いてある。一階に窓はなく、出入り口はひとつだけだ。

建物はそう大きくも新しくもないが、一棟ぜんぶ柴咲組のものらしい。瓦《かわら》をのせた白い門塀がぐるりと囲ってあるような日本家屋を想像していた山本は、やや拍子抜けしながら階段を上った。

玄関には、若い組員たちが番犬のように立っていた。

「中村の補佐、入られました」

「ご苦労様です！」

中村だけでなく、連れの山本にも頭を下げる。

部屋には、ほかに数人の組員がいた。観葉植物やいくつかある事務机はともかく、正面に飾ってある墨字で書かれた『任侠《にんきょう》道』というバカでかい額や、ビルの出入り口と周辺をさまざまな角度から映している監視カメラを目の当たりにすると、ここが暴力団の事務所だということを実感する。

「失礼します」

中村が、パーティションで仕切られた応接スペースの入り口で一礼した。

隙間から、ソファに体をもたせかけてくつろいでいる柴咲の姿が見える。今日は白いシャツにグレイのカーディガンとラフな恰好《かっこう》だが、やはり堅気にはない独特の空気をまとっている。

さすがに山本も緊張で顔が強《こわ》ばった。街の不良ごときが、暴力団事務所でヤクザの組長と対面するなど滅多にあることではない。

「おい」

中村に呼ばれて、山本はゆっくり足を進めた。

革張りのソファには、柴咲のほか、昨夜オモニ食堂で一緒だった中年ヤクザの凸凹コンビがいた。

「おう。こっちこい」

タッパのあるほうの短髪強面《こわもて》が山本を手招きする。竹田誠《たけだまこと》、柴咲組の舎弟頭だ。組長の柴咲と兄弟盃《さかずき》を交わした、筆頭の弟ということになる。

中村は、長男の若頭の補佐であるから、さしずめ次男というところか。

「座れよ」

臆《おく》しているのを悟られないように、山本は無言のまま、柴咲のそばに置いてある椅子に座った。中村も山本の隣りの椅子に腰を下ろす。

若い組員が、山本と中村におしぼりとお茶を運んできた。

「ケン坊……っていうんだってな」

愛子からなにを聞いたのやら、意外にも柴咲の口調は穏やかだ。

「メシは？ 食ったのか？」

センターテーブルに、出前の大きな鮨桶《すしおけ》がふたつ置いてある。

目線を下げたまま返事をしないでいると、柴咲が背もたれから身を起こして、山本の顔を覗《のぞ》き込んだ。

「昨日は、ありがとうな」

「別にあんたら助けたわけじゃねえから」

意を決して柴咲を遮る。馴《な》れ馴れしくするのもされるのもごめんだ。

「おっと？」

竹田が眉《まゆ》を上げた。怒ったわけではなく、ヤクザに囲まれているというのに、なかなか肝の据わった若造だと面白がっているらしい。

「あそこの愛子とは、俺も長いんだ」

柴咲が話を続けた。

「あいつの旦那《だんな》がうちの頭だったんだが………二年前にな」

「だったらなんだよ。いいからさっさと用件言えよ」

一刻も早く帰りたくて、ボソボソした早口になる。いったいこいつらは俺になにがしたいんだ？　そこらの不良やチンピラなら怖くもなんともないが、相手が本物の極道とあっては、拳《こぶし》にモノを言わせるわけにもいかない。

「おいコラ。このクソガキが。舐《な》めんなよこの野郎！」

竹田が凄《すご》んだ。ある意味期待を裏切らないと言おうか、やはり見た目どおりの荒い気性だ。

「誠」

柴咲が竹田を手で制した。

「おまえ、仕事もしないでフラフラしてるみたいじゃねぇか」

背の低い口ヒゲ――同じく柴咲の舎弟の豊島《としま》徹也《てつや》が、初めて口を開いた。

「これからどうすんだ。え？」

こっちは上下スウェット姿のチンピラ風で、背広の襟に代紋の金バッジを光らせている竹田に比べれば温厚そうに見える。

「……ヤクザにはならねえよ」

山本がぼそりと呟《つぶや》く。

ややあって、柴咲がまた山本の顔を覗き込んだ。

「お父さんのことか」

山本は内心、びくりとした。もしかしてこいつらが、という疑念が湧く。

「……あんなやつ、どーでもいい」

もし柴咲組の誰かが父親を殺したのだとしても、自分には関係ない。

そんな山本の葛藤《かっとう》を理解するかのように柴咲は何度か小さくうなずくと、きっぱり言った。

「うちは、シャブにはさわらんよ」

「じゃあなにやんだよ！」

イライラが沸点に達して、山本はついに顔を上げて柴咲を睨《にら》んだ。

そんな言葉が返ってくるとは思わなかったのだろう、柴咲はつかの間考える顔つきになり、「……なにやってんだろうな」と自嘲《じちょう》するような笑みを漏らした。

「中村、ヤクザってなにやるんだよ」

「はい！」

中村が立ち上がって襟を正す。

「ヤクザとは、義理人情を重んじ、漢《おとこ》を磨き、漢の道を極めることだと、自分は思っております」

正解、というように豊島が拍手する。

「くそ真面目だろ。こいつ」

柴咲は可笑《おか》しそうに笑い、「ほら！　食おう」と山本の膝《ひざ》を叩《たた》いた。

場の空気が緩み、ガヤガヤと食事が始まる。

山本はそっと柴咲を盗み見た。これまで自分が思い描いていたヤクザとは、どこか印象が違う。

「ほら遠慮すんなよ」

豊島に勧められる。状況がよく呑《の》み込めないまま、山本はいくつか握《にぎ》り鮨《ずし》をつまんだ。

日頃は口にできないような高級なネタもあったが、残念なことに、あまり味がしなかった。

『三代目松桜会　舎弟頭　柴咲組　柴咲博《ひろし》』

代紋をあしらった名刺に、どっしりした筆文字で書いてある。

柴咲に渡された名刺を見ながらアーケードの商店街を歩いていると、ポケットの携帯電話が鳴った。

画面を見ると、細野からだ。

「おう、どうした？」

「賢治さん、逃げてください！」

「……あ？」

山本は眉を寄せた。電話の向こうで誰かと争っているようだ。

不穏な気配を察知して目を上げると、交差点の向こう正面からヤクザがふたり歩いてくる。真っ昼間だというのに手に堂々と鉄パイプを持ち、殺《や》る気満々だ。

「おい……」

慌てて踵《きびす》を返そうとしたが、後ろからもふたり迫ってきていた。

「ウソだろ……！」

山本は泡を食って駆けだした。目の前の交差点に猛スピードで走ってきたヤクザの車を間一髪で避《よ》け、全速力で逃げる。

「どけどけ、どいてどいて——！」

ヤクザの集団に追われながら、シャッターの下りた商店街の歩道を走り抜ける。さっきの車もＵターンして追いかけてきた。

「逃げらんねぇぞ。こらぁ！」

ドスの利いた怒号が飛んでくる。人ひとりがやっと通れるビルとビルの間に駆け込み、繁華街に出た。明るい陽射しの下を、ヤクザたちはしつこく追ってくる。

雑居ビルの窓から中に飛び込んだが、その内廊下で鉄パイプに追いつかれた。外に逃げながら四人を相手に応戦し、路地を抜け広い通りに出る。そこに、さっきのヤクザの車が突っ込んできた。

「ぐあっ!!」

ボンネットに乗り上げるほどの勢いでぶつかったが、分厚いダウンジャケットのおかげでそれほどダメージはない。なんとか起き上がり、ふらふらになりながら別の路地に走り込む。

そこで山本は足を止めた。行き止まりだ。引き返そうと回れ右したとたん、鉄パイプの男が襲いかかってきた。

「この野郎っ！」

顔面を強打されて、その場にくずおれる。

「おい、運んじまえ」

ずるずると体を引きずられていく。割れるような頭痛の中で見えていた男たちの足元が徐々にかすみ、やがて目の前が真っ暗になった。

ヒッ……ヒッ……ヒッ……ヒッ……

……泣き声？　それとも息遣いか……山本はうっすら目を開けた。

後ろ手に縛られた血まみれの細野が、冷たいコンクリートの床に転がされている。

その向こうには、同じように大原が縛られて転がっていた。ふたりとも、目と口がどこにあるのかわからないほど顔が膨れ上がっている。

ということは、自分も細野や大原と同様のありさまなのだろう。

どこかの廃倉庫らしい……と思った瞬間、顔面に蹴《け》りを入れられた。

「うっ!!」

とたんに口の中に血の味が広がる。

「おい。起きろ」

髪を摑《つか》まれて無理やり顔を上げさせられた。

キヘイチェーンのネックレスとブレスレットでゴテゴテに飾り立てた、小狡《こずる》そうな目つきのヤクザが山本を見てニヤニヤ笑っている。

「兄貴ー！　起きましたよ」

乱暴に手を離され、山本は床に顔を打ちつけた。

その時、気づいた。大原の近くにもうひとり、仰向《あおむ》けに伸びている男がいる。

山本に覚せい剤を奪われた売人だ。

……そういうことか。

兄貴分らしい男が、くわえタバコで近づいてきた。こっちもゴールドのネックレスに金の指輪。ダイヤのついた金無《きんむ》垢《く》の時計が袖《そで》から覗《のぞ》いている。つくづく金が好きな連中らしい。

「侠葉会《きょうようかい》若頭の加藤《かとう》だ」

侠葉会――煙崎で柴咲組と敵対している、真木《まさき》組系の新興ヤクザだ。

加藤が山本の傍らにしゃがみ込み、どれ、と頭を掴んで自分のほうに顔を向けさせる。

「へーえ。おまえ、山本のガキなんだって？……惨めだよなあ。シャブ買う金なくなって海飛び込んで。ん？」

――おまえらが殺《や》ったんじゃねえのかよ。山本は精いっぱい目を見開き、加藤を睨みつけた。

「なんか言えよ、この野郎!!」

さっきのヤクザが、また顔に蹴りを入れてきた。川山《かわやま》と呼ばれている。歳は柴咲組の中村と同じくらいだが、ヤクザのくせにどこか生真面目そうな中村と違い、こいつは芯《しん》から腐った臭いがプンプンする。

しゃがんで山本の髪を掴んだ川山の顔に、血の混じった唾《つば》を思いきり吐きかけて叫んだ。

「殺してやる！」

この期に及んで山本がたてつくとは思ってもみなかったのだろう、川山はニヤニヤ笑いを消して目に憎悪をたぎらせた。

「ハハハ……誰に向かって口きいてんだこの野郎！」

上ずった笑い声をあげ、山本の腹を滅茶苦茶《めちゃくちゃ》に蹴り上げる。

「で？　盗《と》ったもんどこやった？」

苦痛に喘《あえ》ぐ山本を見下ろしながら、加藤が言った。

「……知らねぇ……そんなもん」

ゼイゼイしながら声を絞り出す。

「じゃあお友達に聞いてみようかなぁ」

加藤が顎《あご》をしゃくって川山に合図した。

川山が細野のそばにしゃがみ、指を摑んで折り曲げようとする。

「う……うわああ！　すいません！　う、海に、海に捨てちゃいました！」

「ああ⁉」

ボキッ。骨の折れる鈍い音と同時に、細野が悲鳴をあげた。

「マジかよ……おまえら、あれがいくらすんのか知ってんのか⁉」

川山は腹立ちまぎれに山本の腹を蹴飛ばすと、「どうします？」と加藤に向き直った。

怒り心頭の川山と違い、壁にもたれてタバコをくゆらせている加藤には動揺した様子が微塵《みじん》もない。

「……ちょうどよぉ、もうすぐ来るんだよ。船。香港から」

加藤は山本に歩み寄り、短くなったタバコを床に落として言った。

「ほら、若い臓器のほうが高く売れんだろ」

脅しじゃないことは、淡々とした口調でわかった。

「い……嫌だ！　嫌だあああ！」

泣きわめく細野と放心している大原を、ほかの組員たちが抱えるようにして連れていく。

山本は憤怒のあまり、体の痛みも恐怖も感じない。赤黒く腫《は》れた顔の中で、眼だけがギラギラしていた。

三人はハイエースの荷台に乗せられた。

細野は嗚咽《おえつ》を漏らし、大原は意味不明なことをぶつぶつ呟《つぶや》いている。

「うるせえぞ臓器ども！」

助手席から川山が怒鳴った。

山本は薄目を開けて、じっと車の天井を見つめていた。

どうせロクな人生じゃないとは思っていたが、こんな結末は予想していなかった。

神経が鈍麻しているのか、他人《ひと》事《ごと》のように感じる。

やがて車が停まり、バックドアが開いた。

「おい、降りろ！」

数人がかりで無理やり車を降ろされる。

……潮の匂い。煙崎港だ。

山の端はほんのかすかに白んでいるが、まだ暗闇に沈む海に、何隻もの漁船が眠りについている。

その中で一隻だけ、航海灯をともした漁船があった。三途《さんず》の川の渡し船。料金は六文と相場が決まっているが、今回は心臓や肝臓が渡し賃というわけだ。

「おら、ちゃんと歩け」

川山ともうひとりの組員が、両脇から山本を引っ立てて漁船に乗り込んでいく。

「おい川山くん！」

別の車に乗ってきた加藤が、岸壁から呼んだ。

「足つくから、財布とケータイ」

「うーっす。おい、財布とケータイ取っとけ」

細野と大原についているほかの組員に言い、口から血を垂らしている山本のダウンジャケットのポケットをまさぐる。

ポケットに入っていた名刺を引っ張り出した川山が、「あ？」と眉根《まゆね》を寄せた。

怪訝《けげん》そうに、柴咲組組長の名刺と山本の顔を交互に見る。

「……兄貴ー！」

川山は岸壁に戻り、加藤に柴咲の名刺を渡した。裏には、ご丁寧に携帯番号まで手書きで記してある。まさかそこらで拾ったわけでもあるまい。

加藤も訝《いぶか》しそうに山本を見やった。

「おいコラ。おまえ、これどうした。柴咲の知り合いか？」

加藤がタラップを上って山本に近づいてきた。

「柴咲組とは、前に手打ちになったんだがよぉ。これ裏で絵描いてんの柴咲じゃねぇのか。だったら、あのおっさんにこれ、ケジメつけさせねぇといけねぇやな」

――ふざけんな。

「……柴咲組なんか関係ねぇ……俺は……」

顔を上げ、真正面から加藤を睨《にら》みつける。

「山本賢治だあ！」

燃え尽きる寸前の熾火《おきび》のように、全身が怒りで焼けるようだ。

漁船の甲板に捨て置かれた細野と大原は、山本の鬼気迫る表情に目が釘付《くぎづ》けになっている。

加藤は顔をしかめると、獣のような唸《うな》り声をあげている山本から数歩後ずさって、おもむろに携帯を取り出した。

山本と細野と大原は、中村が運転する車の後部座席にぐったりと身を沈めていた。死の淵《ふち》から生還できた安堵《あんど》で、三人とも空気の抜けたビニール人形のようになっている。

山本はふと、目を窓の外にやった。

工場地帯に朝日が昇っていく。煙突は今日も休みなく煙を吐き出している。

その隙間から射し込む光が、やけに目に沁《し》みた。

早朝の柴咲組の事務所には、まだ誰もいなかった。

中村は昨日の応接スペースを抜け、一番奥の部屋の扉をノックした。

「おう」

中から柴咲の声がする。ここが組長室なのだろう。

「失礼します！」

言いながら扉を開け、一礼して部屋に入ると、いったん振り返って血まみれの山本に「入れ」と声をかけた。

「親父。これで済みました」

中村は柴咲に指を三本立てて見せ、また辞儀をして出ていった。加藤に渡した封筒に、三百万入っていたということだろう。その値段が高いのか安いのか、山本には見当もつかない。

残された山本は、ふてくされたようにひとり掛けのソファに座った。

窓際に立っていた柴咲が、山本の前まで歩いてくる。顔を上げると、笑んでいる眼《まな》差《ざ》しにぶつかった。

「えらく頑張ったらしいな、ケン坊」

よくやった、というように大きな手で山本の頭をくしゃくしゃに撫《な》で、自分もソファに腰を下ろした。

――誰がヤクザに礼なんか言うか。こっちが助けてくれと頼んだわけじゃない。加藤が勝手に勘違いして、柴咲に電話しただけだ。

柴咲は何も言わず、穏やかな微笑を浮かべて山本を見つめている。

絶対に目を逸《そ》らすものか。子供じみた強がり。わかっているが、それくらいしか今の自分を支えるものがない。

「……行くとこあんのか。ケン坊」

そのひと言で、ぽきりと折れた。わけもわからず涙がぼろぼろこぼれ落ちる。

山本は顔を上げたまま、涙も拭《ぬぐ》わずに泣き続けた。

柴咲は、ただ山本のそばで優しく微笑んでいた。


吉日、柴咲家の和室に竹田、豊島ら正装した柴咲組の面々が集い、ずらりと向かい合って座った。

「ただいまより柴咲組『親子結縁盃《さかずき》』の式典を執り行ないます。私、司会進行を仰せつかりました、三代目松桜会、柴咲組若頭補佐を相務めます、中村努であります」

親、柴咲博。

子、山本賢治。

床の間に紅白幕が張られ、中央に天照皇大神《あまてらすすめおおかみ》の、両端に契りを結ぶふたりの名前の掛け軸が掲げられている。そして、その前には、神酒《みき》や献納物などが飾られた祭壇が設けられた。

祭壇の正面向かって右に黒紋付羽織袴《はかま》姿の柴咲が、向かって左に礼装の山本が威儀を調える。

「それでは、儀式に移らせていただきます」

口上を終えた中村が、取持人に交替した。

「ご列席ご一党様に一言申し上げます。只今《ただいま》より、三代目松桜会柴咲組『親子結縁盃』の儀式を執り行なわせていただきます」

　古式ゆかしい作法にのっとって固めの儀式が進んでいく。

　柴咲から下げられた盃に酒が注がれた。山本がそれを三口で飲み干し、三方の上で懐紙に包んだ盃を懐中に収める。

「……これで、家族だな」

　柴咲が微笑む。柴咲が正式に極道になった年齢も、山本と同じ十九の時だった。

「親分。よろしくお願いします」

　山本は深々と頭を下げた。

　拍手の中、まだ傷痕《きずあと》の残る顔を上げた山本の目に、揺るぎない決意が滲《にじ》んでいた。

第二章　二〇〇五年（平成十七年）

——戦後最大の好景気を受け、煙崎市市議会は、現在飲食店街などのある北口一帯を再開発する決定を下した——

脱衣所に置いてあるテレビから、そんなローカルニュースが流れている。

バブル崩壊後の日本経済は、二〇〇二年（平成十四年）初頭から景気回復を続けていた。

夕刻、山本はいつものように銭湯に来ていた。

細野と大原は洗い場に並び、体を洗っている。

細野の背中には、風神。

大原の背中には、雷神。

彩色のある和彫りの入れ墨に、シャワーの水が滴り落ちていく。

山本が盃を受けた一年後、ふたりはあとを追うように柴咲組の門戸を叩《たた》いた。

体を清めた山本は、浴槽に向かった。

その全身に、炎のような阿修羅《あしゅら》が刻まれている。

温泉やスーパー銭湯では入浴を禁止されている入れ墨の客も、街の銭湯では拒否されることはない。

山本はゆっくりと湯に浸《つ》かった。背中の阿修羅が湯船に身を隠す。

荒くれた金髪は黒い短髪になったが、鋭い切れ長の目は周囲を威圧するような凄《すご》みを備えた。

薄く短めに整えた口ひげと顎《あご》ひげは、いくつか傷の増えた顔立ちをさらに精悍《せいかん》に見せている。

湯船の中で、山本は大きく深呼吸した。

極道の世界に足を踏み入れ、六年が経とうとしていた。

クラブの薄暗い空間は、スモークで燻《くすぶ》っていた。

時おり妖《あや》しい色の光が反射する。

最近人気だというトランスミュージックが流れるフロアでは、たくさんの若い男女が入り乱れるようにして体を揺らしていた。

山本は細野と大原を従え、クラブのバウンサーに誘導されながら通路を奥へ進んだ。

ＶＩＰルームに入っていく山本たちを遠巻きに見ている客の視線は、畏怖《いふ》と羨望《せんぼう》が半々というところだろうか。

先に到着していた中村は、VIP席のゆったりしたソファでタバコをふかしていた。昔からマイルドセブン一本槍《いっぽんやり》。両隣りに綺麗《きれい》な若い女がついているが、愛妻家でひとり娘を溺愛《できあい》している中村は見向きもしない。

「頭。兄貴がいらっしゃいました」

そばに立っている組員のひとりが中村に告げる。

「うす！」

「うぃっす！」

山本は舎弟たちに手を挙げて応《こた》え、中村の前まで行くと頭を下げた。

「兄貴。若頭就任、おめでとうございます」

「おめでとうございます！」

細野と大原、ほかの組員たちも一斉に頭を下げる。

「照れるな。もっと地味でよかったのに」

ここは柴咲組の息がかかったクラブで、今夜は中村の若頭就任を祝おうと、若中たちが集まっていた。

「なに言ってるんですか、これからは兄貴が組支えていくんですから」

山本は、対面のスツールに腰を下ろしながら言った。

「今日、親父は？」

「こういうところは苦手みたいで」

すいません、と頭を下げる。

「そうか……まあそうだよな」

「失礼します。こちら、山本の兄貴からです」

細野が膝《ひざ》を突き、中村に紙袋を差し出した。

箱の包みを開けた中村は、少し驚いた顔になった。贈り物は老舗《しにせ》海外ブランドの腕時計で、人気の高いロングセラーモデルのもの。初代ジェームズ・ボンドが映画で着用したことでも有名で、アンティークを選んだのは、中村がそのスパイ映画のＤＶＤを持っているほどファンであることを知っていたからだ。

若頭補佐になった山本としては、これからも中村の下で一緒に柴咲組を守《も》り立てていきたいという気持ちも込めている。

「……おまえら、ありがとな」

ポーカーフェイスに珍しく嬉《うれ》しそうな笑みを浮かべて、中村はシャンパングラスを手に立ち上がった。山本たちもグラスを手に立ち上がる。

「よーし。今日は飲むぞ」

「ウィッス！」

現在の組員は二十人ほど。侠葉会や中国・台湾マフィアとの表立った大きな争いごともなく、景気拡大に比例して、少しずつシノギの範囲も増えている。

そしていま、柴咲の任侠《にんきょう》道を愚直に体現する中村が、組のナンバー2になった。

「兄貴、おめでとうございます」

山本がグラスを掲げ、皆で乾杯したあと拍手で祝う。

それは温かく、幸せな時間だった。

二〇〇三年（平成十五年）四月、全国の警察に先駆けて、警視庁に組織犯罪対策本部が設置された。

暴力団をはじめとする犯罪組織の資金源を根絶し、犯罪組織の弱体化および壊滅を目的とした内部組織である。

ほかに警察本部長直轄で独立している部として存在するのは、福岡県警察本部の暴力団対策部がある。福岡県は、指定暴力団の実に五団体が本拠地を置く、日本の暴力団がもっとも集中している土地だ。

独立した部ではないが、刑事部内に組織犯罪対策の専務部門があるのは、大阪府警

察本部、神奈川県警察本部、千葉県警察本部、北海道警察本部、宮城県警察本部、埼玉県警察本部、静岡県警察本部、愛知県警察本部、兵庫県警察本部の九つである。

大迫は一年前に静岡県警に異動になり、組織犯罪対策局組織犯罪対策課に配属されていた。階級は変わらず巡査部長だ。ノンキャリの警察官は、半数以上が巡査部長で定年を迎える。警部補で終われれば御の字なのだ。

「えー以上のように、煙崎市の再開発に伴い、三年後の二〇〇八年までに、北口の風俗街及び、三つの飲食街の解体を目指すこととなりました」

部下の小関《おぜき》が、駅前の地図が貼ってあるホワイトボードの前に立って説明する。コの字形のテーブルに、組織犯罪対策局の刑事たちが十名ほど顔を揃えていた。

「北は侠葉会のシマだ、黙って手は引かないだろう」

この中でタバコを吸っているのは、一番年配の大迫だけだ。健康増進法が制定されたのは三年前だったか、喫煙者は少しずつ肩身が狭くなっていく。時代遅れだの体に悪いだの妻にもうるさく言われるし、いいかげん禁煙しようと思いながら、ズルズルとタバコを吸い続けている。

「南の柴咲組との抗争が八年ぶりに勃発《ぼっぱつ》する可能性も十分に考えられる。いい機会だ。侠葉会と柴咲組、揉《も》めたやつは全員しょっぴくぞ」

「はい！」

大迫に檄《げき》を飛ばされて一同は資料を閉じ、きびきびと動きだした。

柴咲組は〝一家〟と呼ぶほうがしっくりくる昔ながらのヤクザで、ある意味、地域に溶け込んでいる。繁華街の治安維持にひと役買っているという一面も否定できない。だが侠葉会は、完全なる社会の悪だ。覚せい剤や売春、ギャンブルなど脈々と受け継がれている犯罪で資金を稼ぐほか、バブル期には闇金や土地転がしで荒稼ぎしていた。

柴咲組が極道なら、侠葉会は外道というところか。

そしてバブル崩壊後の一九九二年（平成四年）、みかじめ料等の取り立てを禁止し、これに違反すれば罰則が科せられるなど、暴力団員による不当行為を防止するための「暴力団対策法」が施行された。

バブル期の地上げやバブル崩壊後の債権回収、不良債権処理問題などで暴力団の悪質さがクローズアップされ、暴力団排除の気運が高まったこともある。

法律上、初めて暴力団が反社会的存在として明確に定義され、一定の要件を満たした団体が「指定暴力団」とされた。一次団体である柴咲組の松桜会、侠葉会の真木組などがそうだ。

当初、この法令は賛否両論だった。

なぜ諸外国のように、組織犯罪集団である暴力団じたいを違法として禁止してしまわないのか。中止命令など、暴力団員が従うわけがない。

そういった批判の声もあがったものの、暴対法施行以降、対立抗争や暴力団員の数は減少傾向にあり、資金源活動も抑制されている。

そんな中で、この煙崎では加藤が三代目俠葉会組長に就任した。俠葉会は暴対法の適用を免れるために、企業舎弟やフロント企業——暴力団の構成員や準構成員が経営に関与している企業——を着々と増やしている。

大迫は最後に深々とタバコを吸った。ニコチン中毒だな。シャブ中よりマシか。

久しぶりに山本正治を思い出した。地元の二流大学を出て警察官になった大迫より華々しいスタートを切ったが、最期は魚のエサになった。結局、要領よく世渡りできるやつしか生き残れない社会なのだ。

正治の息子の賢治は、よりにもよってヤクザになりやがった。哀れに思って親身になってやったのに……。

だがもう目こぼしはしない。

大迫は、吸い殻が山盛りになったアルミの灰皿に、根元まで吸ったハイライトを押しつけた。

煙崎の冬は乾燥した晴天の日が続き、柴咲組のビルの屋上からは、雪化粧した霊峰富士の稜線《りょうせん》がくっきりと見える。

「そうかぁ。楽しかったならよかった」

昨晩の中村の若頭就任祝いの報告をすると、柴咲は相好を崩した。

「はい。兄貴も喜んでました」

「で？　ケン坊はどうなんだ。最近は」

言いながら7番アイアンでフルスイングする。この屋上で川に向かって打ちっぱなしをするのが、ゴルフ以外に趣味のない柴咲の数少ない息抜きだ。

「相変わらずサツの圧力もありますが、シノギの売り上げも順調に上がってきています。いずれ自分が、親父を松桜会の会長にしますんで」

「いや、そっちじゃなくて」

柴咲は苦笑し、山本に小指を立てた。

「決まった人はいるのか？」

「あ、いや。自分は、まだ。そういうのは、はい」

照れくさそうに頭を掻《か》く。

「そりゃあよくないなぁ」

「……すいません」

「年取って俺みたいに独り身だと、死んでも誰にも気づいてもらえないってこともあるからな」

山本同様、柴咲にも身寄りがない。還暦を過ぎて、身のまわりの世話をしてくれるような特定の女性を作ることもしなくなった。

「いや、親父には、自分らがいますから、はい」

馬鹿律儀に答える山本を振り返って、柴咲は目を細めた。

「親父、そろそろ冷えますんで」

「ああ」

持っていたカーディガンを、山本が柴咲に羽織らせる。

そんな仲睦《なかむつ》まじいふたりの様子を、中村が戸口から見つめていた。


給料日直後の金曜日とあって、繁華街は賑《にぎ》わいを見せていた。

黒のスーツに黒いシャツ、薄い色のサングラスをかけ、タバコをふかしながら通りを闊歩《かっぽ》していく山本に、路上で客引きをしている男たちが次々に頭を下げる。

「お疲れ様です！」

「おう。稼いでるか」

山本の一歩後ろの両脇を、細野と大原が固めている。

「はい。おかげさまで」

クラブやバー、スナック、キャバクラ、ゲームセンター、パチンコ店。南口の繁華街一帯の店から徴収するみかじめ料が、柴咲組のおもな資金源だ。

店内外のトラブルを解決する代わりに、守料、用心棒代を支払ってもらう。暴対法で、このみかじめ料の規制は強化されたものの、弱者を切り捨てることなく、時には損得顧みず彼らのために体を張る柴咲を信頼して心を寄せている者も多く、関係はうまくいっていた。

縄張りを一周りした山本たちは、オモニ食堂にやってきた。

店は少し古くなったが、相変わらず繁盛している。

「ああケン坊！　いつもありがとうね」

例によって客の鍋《なべ》の世話をしながら、愛子が笑顔で迎えてくれる。

「愛子さん、いいかげんその呼び方、勘弁してよ」

言いながら奥に入っていく。

「大人になってもケン坊はケン坊でしょ」

「そらそうだけどさ」

山本は苦笑いしながら、座敷のテーブルに着いた。

愛子には一生敵《かな》わない。どこに行っても白い目で見られていた中途半端な不良の三人を、ひとときでも温かく迎えてくれた大人は愛子だけだった。

「生《ナマ》みっつよろしく」

腰を下ろす前に、細野がオーダーする。

「翼、勉強してんのか。偉いな」

山本は、奥の座敷席で教科書とノートを開いている翼に声をかけた。

「うん」

翼はもう八歳になる。店には地元の人たちが絶えず出入りするうえ、山本たちのような常連客に可愛がられているおかげで、社交的で明るい子に育った。

「翼、手出せ」

山本はスーツの内ポケットから千円札を出すと、翼の手に握らせた。

「これでなんか好きなもん買え」

「いいの？」

利発そうな大きな目をくりくりさせる。赤ん坊の頃から近くで成長を見てきた山本たちにとって、翼は年の離れた弟のようなものだ。

「お金なんていくらあっても足りないんだから。もらっときな」

厨房《ちゅうぼう》に戻っていた愛子が、カウンターから顔を出して冗談交じりに言う。

「ケン兄、ありがとう！」

「おう」

「翼ぁ、大人になったら、兄ちゃんたちと家族になるか」

大原がからかう。

「なに言ってんの！　ダメに決まってるでしょ！」

生ビールを運んできた愛子が、大原の角刈り頭をバシッとはたいた。

「すみません……へへ」

柴咲組の若頭だった翼の父親が、八年前の侠葉会との抗争で死んだことは、山本も柴咲に聞いていた。

この店は、連れ合いを亡くした愛子と生まれたばかりの翼、そして地域の人々の拠《よ》り所になるようにと、柴咲が後ろ盾になって開店したという。

そんな成り行きはもちろんのこと、翼は自分の父親がヤクザだったことすら知らない。

「翼は俺たちみてーになるんじゃねーぞ」

山本の本心だ。このまままっすぐ、お天道様の下でまっとうな道を歩いていってほしいという愛子の気持ちは、痛いほどわかる。

「うん！」

無邪気な返事に「うんじゃねーよこの野郎」と細野が返し、一同は笑い声をあげた。

愛子がほかの客に呼ばれていき、軽く乾杯して飲み始める。

三人とも酒に強くなり、もう十代の頃のようにに金がなくてツケを溜《た》め込むこともない。


細野が、「おまえ昨日もひとりで風呂《ふろ》入んなかったんだってな」などと翼をおちょくる。顔に似合わず、実は細野は大の子供好きだ。この世界に入ってから実家にはほとんど顔を出していないが、父親が単身赴任で長らく不在のこともあり、やはり年の離れた妹を可愛がっていた。

皆で翼の相手をしながら二時間ほど飲み食いして帰るのがいつものパターンなのだが、今日はビールを二口三口飲んだところで、山本の携帯に電話が入った。

「もしもし……ああ。わかった」

電話をしながら目で合図すると、細野と大原は阿《あ》吽《うん》の呼吸で立ち上がった。

「愛子さん、ごめん。行くわ」

山本も携帯をたたんで、灰皿にタバコを押しつける。

「翼、またな」

心配そうに見ている翼の頭を撫《な》で、席を立った。

そうだ、と細野がポケットのキャンディを翼に放り投げる。翼のために買っておいたに違いない。

「愛子さん、これ」

大原がテーブルに勘定を置くと、三人は急ぎ足で店を出ていった。

電話は、柴咲組が裏で経営しているキャバクラ『セラヴィー』のママ、夏美《なつみ》からだった。

キャバクラといっても店の造りは高級クラブと遜色《そんしょく》なく、しっかり者で面倒見のいい夏美のおかげで、キャバ嬢たちの教育も行き届いていた。

そんな店だから、客とのトラブルはめったにない。しかし店に入っていくと、今夜は空気が違った。

「ケンちゃん。急にお会計の額がおかしいって怒りだして」

夏美が駆け寄ってきた。安心させるようにうなずいてフロアを進むと、高い酒のボトルが何本も空いたテーブルに、侠葉会のヤクザが三人ほどたむろしていた。

「おー、なんだよケツ持ち出せって言ったら、おまえ山本じゃねえか」

真ん中でふんぞり返っているのは、川山だ。

テーブルについたキャバ嬢たちは、怯《おび》えて伏し目がちに座っている。

「ま、知ってたんだけどね」

――このゲス野郎。狭い世界だ。川山がいかに弱い者いじめの好きな性根の腐ったヤクザか、頻繁に山本の耳に入ってくる。

「ほかの客の迷惑になんだろ、表出ろ」

山本は静かに凄《すご》んだ。

「おまえ強気だなぁー。また昔みたいに拉致《らち》っちまうよ？」

川山たちが爆笑する。

あの時あやうく殺されかけた細野が、そばにあったワインクーラースタンドを蹴《け》り飛ばした。侠葉会の組員たちが怒号を発する。

細野は構わずテーブルに手を突き、身を乗り出して川山を睨《にら》みつけた。

「なんだてめえこの野郎……」

川山は薄ら笑いを消すと、面前でガンをたれている細野を通り越し、山本に目を向けた。

「……山本ぉ。十年後、この街どうなってんだろうなあ。北口の再開発で今後シノギもどんどんやりづらくなるだろうし、俺たちもよ、変わっていかなきゃなんねーよなぁ」

「だからなんだよ」

細野が歯ぎしりする。

「おまえの親父に、南から手引けって言っとけよ。その代わり、おまえらに二〇パーくれてやる。悪くねーだろ」

そう言うと、川山は立ち上がった。

「要はよ、時代遅れの老害親父は、さっさと引退してくれねぇと、この街、取り残されちまうんだよ」

反吐《へど》の出そうな薄ら笑いを顔に貼りつけ、「ま、頼むわ」と山本の肩を叩《たた》き去っていこうとする。

山本はおもむろにテーブルのボトルを摑《つか》み、川山の後頭部を強打した。ボトルが割れ、ガラスの破片が飛び散る。

「キャーッ！」

甲高い悲鳴をあげてキャバ嬢たちが逃げていく。

「てめぇこらぁ！」

侠葉会の組員が背後から山本に飛びかかった。ふたり立て続けに殴り倒したところで、細野と大原が山本を止めに入った。

「兄貴、まずいですって！」

ふたりとも必死だ。山本がキレると手がつけられない。

「ああ〜いってぇー……」

川山がゆっくりと立ち上がり、ニヤニヤしながら振り返った。頭部から顔に垂れた血を拭《ぬぐ》って、これ見よがしにその手を掲げる。

「こりゃ親父に報告だな。おめぇよ、ウチと戦争するってどういうことかわかってんだろうな」

恫喝《どうかつ》するように言い、山本を睨みつける。三代目侠葉会組長に加藤が就任し、川山はナンバー2の若頭に登り詰めていた。

「おい、行くぞ」

目的を果たして満足したのか、川山は子分たちを連れて引き揚げていった。

「兄貴……」

細野は、ヤバくないっすか、と言いたげな顔だ。

いくら山本が短気でも、普段はあんな見え透いた挑発に簡単に乗ったりはしない。だが柴咲を愚弄《ぐろう》されることだけは、どうしても我慢できなかった。

「……ママ、酒」

怒りをクールダウンするには、強いアルコールで脳を麻痺《まひ》させるしかない。

「はい！　みんな怖かったね。ほらレイナちゃん、みゆきちゃん」

夏美は気丈に笑顔を作り、山本たちをテーブルに案内した。女の子をアテンドし、酒とつまみを出すようボーイに指示する。

「失礼します」

青いドレスを着たみゆきという女が山本の隣りに座り、おどおどした様子でおしぼりを差し出した。

山本は顔も見ずにそれを受け取り、ウイスキーをストレートで呷《あお》ると、細野たちにも「ほら、飲めよ」と勧める。

シャイな大原はともかく、陽気でおしゃべりな細野は女にモテる。だがもともと無口な山本は、こういう店に来ても黙々と酒を飲むだけだ。

「あ……」

みゆきが、ふいにタバコを吸っている山本の手を掴んだ。

さっきの乱闘で割れたグラスの小さな破片が、手のひらに数か所刺さっている。

みゆきは黙って山本の手からタバコを取って灰皿に置き、その破片を丁寧に取り除き始めた。

山本はまじまじと女を見た。くせのない肩までの黒い髪と、はっきりした目鼻立ち。ほっそりした身体を、シルク素材のセクシーなドレスで包んでいる。だがまだキャバ嬢になって日が浅いのか、まるで水商売の匂いがしない。

ひんやりした細い指先で破片を取り終わると、みゆきは「はい」と山本の手を戻して、また居心地悪そうに小さくなった。

少し足元がふらついている山本を、大原が支えて店から出てきた。

夏美と店の女の子たちも出てきて、山本たちを見送る。

「ケンちゃん。今日は本当にありがとうね」

山本は夏美にうなずき、「もう大丈夫だ」と大原を軽く突くと、迎えの車に乗り込んだ。

最後に残った細野が、夏美にこっそりメモを渡す。

「ママ、兄貴の隣りに座ってた子に」

山本が仮住まいにしている、高級ホテルの名前と部屋番号が書いてある。

夏美はみゆきを振り返り、また細野に顔を戻して「……ケンちゃんが？」と意外そうに目をみはった。これまでどんなキレイなコをつけても、山本はまったく興味を示さなかったからだ。

細野はタクシー代の万札を夏美に渡し、「頼むよ」と言って助手席に乗り込んだ。

なぜかあの女が気になって、ガラにもないことをした。

ホテルの一室で、山本はそわそわしながらウイスキーを呷っていた。

みゆき——といったか。きっと源氏名だろう。

芯《しん》の強そうな印象なのに、どこか寂しげな瞳《ひとみ》をしていた。一瞬だけ目が合った時に感じた、懐かしいような切ないような気持ちは、自分でも説明がつかなかった。

キャバクラの閉店時間を三十分ほど過ぎた頃、ドアをノックする音がした。

「入れ」

ドアの鍵《かぎ》は開けてある。

山本の座っているカウチからは見えないが、ドアを開けて入ってくる物音がした。

「あの……来ました」

「こっち来い」

白いハーフコートとカバンを手に持ったみゆきが、気まずそうに部屋の入り口に立った。化粧を落として普段着になると、垢抜《あかぬ》けない真面目な田舎娘のようだ。

「座れ」

つい命令口調になる。

みゆきは警戒心丸出しで、カウチの端っこにちょこんと腰かけた。

「……いいからもっとこっち来いって」

そう言って酒を呷る。

みゆきは顔を背けたまま、ほんの数センチ山本のほうへ寄った。

山本はイラッとした。気が短いうえに、甘い言葉で女の機嫌を取るなどというテクニックは持ち合わせていない。だいたい、金で買える面倒のない女としか――。

山本はタバコを消して、いきなりみゆきを引き寄せた。

「え！　いや、ちょっと！」

抵抗するみゆきの服を強引に脱がせる。前開きの赤いチェックのワンピースがはだけ、華奢《きゃしゃ》な鎖骨と両肩が露《あら》わになった。

「ちょっとやめてください！」

山本の頬にビンタが飛んできた。

「……おまえ！」

完全に頭にきて、みゆきの下着を剝《は》ぎ取ろうと覆い被《かぶ》さる。

「やめてってば！」

みゆきも負けてはいない。山本の頭をめちゃくちゃに叩《たた》いて突き飛ばし、立ち上がって攻撃してこようとする。

「ちょ！　ちょっと待て！」

女に暴力を振るう趣味はない。山本は慌ててみゆきから避難した。

隙あらば逃げようと、みゆきは自分のコートとカバンを抱え、ハアハア喘《あえ》ぎながら山本を涙目で睨《にら》んでいる。

「……なんだおまえ、処女か？」

「はあ？　違います！」

「じゃあいいじゃねえか、ここに来るってことはそういうことだろうがよ」

「なんで！　そもそもママから言われてここへ来ただけですから」

「だったら、ママの言うことに従うのが筋だろうが！」

「だから来ました！」

ああ言えばこう言う。

「だから来ましたじゃねぇだろおまえ、全部込みだろ」

「込みってなによ？」

腹を立てたように挑んでくる。

「はぁ？　込みは込みだろ、言わせんじゃねぇよ。考えりゃわかんだろうが」

わかりません、という顔で山本を睨む。夏美が無理やりここに来させたとは思えないから、本当にこの女は、なにも知らずにのこのこやってきたらしい。

「はぁ？　なに見てんだよおまえ、馬鹿じゃねーの。おまえなんかやんねーよ」

自分でもなにが言いたいのかわからなくなってきた。山本はカウチに座って、グラスにウイスキーを注いだ。

「今やろうとしましたよね？」

「してねーよ、おめえなんかするはずねーだろ」

ヤクザに盾突くとはふてぇアマだ。

「しましたよね今」

「しねーよ！」

不毛な言い合いをしているうちに酔いはすっかり醒《さ》め、むろん、その気も失《う》せた。

呼びつけた手前、山本は車でみゆきをアパートの前まで送ってきた。

みゆきはさっさと車を降り、挨拶《あいさつ》もしなければ振り返りもしない。

山本は窓を下ろして、「おい」と声をかけた。

立ち止まって振り返ったみゆきに、前を向いたまま携帯を突き出す。

「入れろ」

「……え？」

みゆきは露骨に眉《まゆ》を寄せて嫌な顔をしたが、携帯番号を教えるまで帰りそうにないと諦《あきら》めたのだろう。山本の手からしぶしぶ携帯を取って自分の番号を入力し、「はい」と戻してきた。

山本は携帯を受け取り、画面を一瞥《いちべつ》して内ポケットにしまうと、何も言わずに車を発進した。

『セラヴィー』での川山とのいざこざを知った中村は、青筋を立てて怒り狂った。

「おい！　おまえ自分がなにしたかわかってんのかコラ！」

山本が座っているソファを蹴《け》飛《と》ばす。

「黙ってちゃわかんねえだろうが！」

「舐《な》められたままじゃこっちも引けなかったんで」

あの場にいれば、中村もきっと同じことをしただろう。いつでも差し出せるようにと柴咲と同じマイルドセブンを吸っているような忠義者が、親父を馬鹿にされて黙っているとは思えない。

「ケン坊が言うこともわかる。　加藤のガキは完全舐めてやがるな」

横から竹田が言った。

「要するに、南を自分のシマにしようとしてんのか」と豊島。

縄張りと利権欲しさに、また抗争を仕掛ける腹づもりなのかもしれない。

「自分が加藤と話してきます」

親父に迷惑はかけられない。立ち上がって行こうとした山本を、中村が止めた。

「いい。おまえが行ってどうすんだ」

「川山とやり合ったのは俺なんで」

引かずに視線をはね返す。とたんに山本を見る中村の目つきが険悪になった。

「あ？　おめえ誰に向かって口ごたえしてんだコラ」

ふたりが睨み合っていると、柴咲が組長室から出てきた。全員立ち上がって頭を下げる。

「ちょっと加藤と会ってくるわ」

さっそく加藤から電話があったらしい。

「親父」

自分に行かせてくれ。そう言おうとした山本の声は無視され、柴咲は中村を呼び、組長付きの大原を連れて事務所を出ていった。

取り残された山本を、じわじわと後悔が襲った。折れるほど歯を食いしばってでも我慢すべきだったのか。

昔気質《かたぎ》の柴咲組と侠葉会は、水と油だ。加藤が組長になってからというもの、侠葉会は以前にも増して、金になることならなんでもやるようになった。フロント企業を隠れ蓑《みの》にして、弱者を食い物にすることなど、なんとも思わない。裏でどれほどあくどい真似をしているか、知れたものではなかった。

「ケン坊。たまには兄貴に花持たせてやれ」

豊島がそう慰めてくれたが、山本はなにも言えずにその場に立ち尽くしていた。

茜色《あかねいろ》に染まった工場地帯に煙が立ち込め、駿河湾の向こうに夕陽が沈んでいく。

加藤が指定してきたのは、市内でも指折りの高級中華料理店だ。もちろん侠葉会の直営店である。

その個室にも、タバコの煙がもうもうと立ち込めていた。

円卓に柴咲と中村、加藤と川山が向かい合うようにして座った。柴咲たちの後ろに大原が、入り口付近に侠葉会の組員が立っている。

「えー、うちのシマ内でのことですし、こうやって親父も来てるんで」

中村が切り出した。

「おかしくないか。タンカ切った張本人が来ないなんて」

加藤が、なあ、と頭に包帯を巻いた川山に振る。

「まあまあ、加藤さん。子供の喧嘩《けんか》だ、これは。ここはひとつ」

柴咲がなだめるように笑んで、頭を下げる。中村も倣った。

「で、どう落とし前つけてもらえるんですかね？」

紹興酒を自分のグラスに注ぎながら、加藤が言った。

「……なんの」

柴咲の顔から笑みが消えた。

「なんのって。もうボケちまったのかよ」

加藤が嘲《あざけ》る。隣りで川山が噴き出した。

「うちの看板に蹴り入れておいて、そりゃあねえだろ、え？」

「おい加藤。調子こいてんじゃねえぞ」

柴咲の押し殺した声に加藤は一瞬、怯《ひる》んだ様子を見せたが、すぐに気を取り直した。

「柴咲さんさ……時代はもう変わってきてんだよ。南から手引いてもらってさ。お互いうまくやっていきましょうよ」

「八年前、本家に言われて手打ちにしたが、てめえがうちの木村《きむら》、的《マト》にかけたこと忘れたわけじゃねえんだ」

加藤をねめつけ、柴咲がこめかみをトントンと叩《たた》く。

「笑わせんじゃねーよ。うちの先代殺《や》っといて、木村みてえなチンピラで釣り合いとれると思ってんのか！」

ぬけぬけと加藤が言い放つ。

それまで南北で均衡を保っていた柴咲組に、先に抗争を仕掛けてきたのは俠葉会だった。暴対法が施行されて五年、暴力団内部でもありようが変化してきた頃だ。

血で血を洗う抗争に発展し、柴咲組の若頭だった木村一《はじめ》──翼の父親がたったひとりで殴り込みをかけ、当時の侠葉会会長を殺った。いや、殺らされた。報復として木村は殺され、加藤は若頭に成り上がった。この一幕の裏で糸を引いていたのは、現侠葉会会長の木原《きはら》だと柴咲はにらんでいる。木原と加藤の本当の狙いは柴咲の命ではなく、侠葉会の先代の命だったと。

ふてぶてしくタバコに火をつける加藤に、柴咲は凄《すご》みのある笑みを浮かべた。

「……だったら俺のタマでもとってみるか？　え、加藤」

次の瞬間、加藤にグラスの水を浴びせかけ肚《はら》の底から怒号を発する。

「やれるもんならやってみろ！……このチンピラ」

日本刀のように鋭い眼光が、加藤を黙らせた。

留守番以外誰もいなくなった事務所で、山本は所在なくタバコを吸っていた。

無事にカタはついただろうか。大原からもまだ連絡がない。中村の兄貴がついているから、心配はないだろうが……。

この六年、柴咲の下で、山本は生まれて初めて自由に息ができるようになった。あれほど忌み嫌っていたヤクザの世界なのに、靄《もや》のかかっていた視界が拓《ひら》けて、自分の行く道筋がはっきり見えたような気がしている。

柴咲組で、山本は家族の温《ぬく》もりを知った。弱かった自分も、孤独だった自分も、解き放ってやることができた。

ただし柴咲は、寛容なだけの親父ではない。窃盗や恐喝、詐欺、覚せい剤を組員に許さず、堅気に迷惑をかけただけで死ぬほど怒られる。卑劣な行為をしようものなら、半殺しを覚悟しなければならない。

山本がまだ組に入ってまもない頃、強姦《ごうかん》未遂で捕まった組員がいたが、絶縁のうえ除名された。破門と違い、二度と復縁の余地がない制裁だ。

山本のような行き場のない者たちを家族のように温かく受け入れる一方で、柴咲は組の掟《おきて》を破った者には徹底して厳しかった。ただし、柴咲組に指《エンコ》を詰めた者はいない。足を洗った組員が堅気に戻ったときのことまで、柴咲は考えているからだ。

中村も、舎弟の竹田や豊島も、そんな柴咲の美学に惚《ほ》れ込んでいる。

本物の漢《おとこ》――これほど、柴咲を形容するのに相応《ふさわ》しい言葉はないだろう。

柴咲のような漢になりたいという、あのときの焦がれるような気持ちは、山本の中でいっそう強くなるばかりだ。

その柴咲に迷惑をかけたことが、悔やんでも悔やみきれない。

このままじっと待っているのも落ち着かず、山本はおもむろに携帯電話を取り出した。

「……なんで出ねーんだよ」

電話を切った山本は、車を飛ばして『セラヴィー』に乗りつけた。店の前で客引きしていたボーイに、みゆきへの言づてを頼む。

向かい側の道に車を停めて待っていると、しばらくして、昨夜も着ていた青いドレスの上に白いハーフコートを羽織ったみゆきが店から出てきた。

クラクションを短く鳴らす。みゆきが気づいて、小走りに寄ってきた。

窓を開けて、「乗れ」と命令する。とたんにみゆきは顔をしかめた。

「いや、でも今日ラストまでなんで」

「いいから乗れ」

「いや、でも明日《あした》早いんで」

「いいから早く乗れって言ってんだよ！」

これだから女は面倒だ。

「でもママに聞かないと、無理なんで」

「おまえなんでもママだな。ママ、ママって自分の意思ねぇのかよ、あ？」

みゆきは黙り込み、頑是ない子供を見るような目で山本を見つめ、心底呆《あき》れたようにため息をついた。

「……無理なんで。お疲れ様でした」

会釈して、さっさと店のほうへ戻っていく。

この……！　山本は盛大にクラクションを鳴らした。今の自分が大きな子供そのものだということには思い至らない。

みゆきが慌ててUターンしてきて、「ちょっと！」とフロントガラスを叩く。

「やめてくださいよ！」

窓から覗《のぞ》き込んできたみゆきに、山本はひと言、言った。

「乗れ」

夏美に退勤の許可をもらい、着替えをして助手席に乗ったはいいが、みゆきは山本に半分背を向け、つまらなそうに窓の外を見ている。

窓の外と言ってもまだ夜明け前で景色は見えないし、今などトンネルの中だ。

女とまともに付き合ったことがないので、山本はデートの誘い方も、ふたりきりになってなにを話せばいいのかもわからない。

「……おまえさぁ」

話しかけると、やっとこっちを向いた。

「由香《ゆか》です。工藤《くどう》由香」

ツンとして言う。

由香——みゆきはやはり源氏名か。由香、と山本は心の中で繰り返した。

「なんでうちの店で働いてんの」

「……なんとなく」

「なんとなくってなんだよ」

「学費、自分で払わなきゃだから」

「学費？」

山本は思わず由香の顔を見た。

「なんだおまえ学生か」

「悪いですか？」

「いや、老けてんなーって」

正直に言っただけなのに、由香は険しい顔でじーっと山本を見つめ、

「……降ります。降ろしてください」

言うなり、走行している車のドアを開けようとする。

「おい！　おまえ、馬鹿!!　やめろ！」

片手でハンドルを操作しながら由香の腕を摑《つか》む。この女、いったいなにを考えているのか。

「謝って」と睨《にら》みつけてくる。

「あ？」

山本に老け顔だと言われたことが、よっぽど気に障ったらしい。

驚かされたお返しに、床まで一気にアクセルペダルを踏み込む。

「きゃああああ！　止めて！　止めてぇぇぇぇ！」

急加速した車内に、由香の叫び声が響き渡った。

雲の垂れこめた空はうっすらと明るく、深い藍色《あいいろ》をしていた。

湾の向こう岸に見えるなだらかな山は、まだ黒いシルエットにしか見えない。山裾《やますそ》には、ぽつぽつと人家の灯《あか》りがともっている。

「なんで海？」

山本の後ろを離れてついてきながら、由香が訊《き》く。

「……なんとなくだよ」

車内での由香の返事を真似て返した。

にこりともしない山本が冗談めいたことを口にしたので安心したのか、由香はちょっと笑った。

「こっちに来て、初めて見た」

イカ漁だろうか、沖に一隻、漁灯を明々とともした漁船が出ている。漁夫の利を狙っている海鳥たちが、やけに喧《やかま》しい。

ふたりとも黙ったまま、しばらく砂浜を歩いた。沈黙のせいで、寄せては返す波の音がことさら大きく耳を打つ。

手持無沙汰《ぶさた》になった山本が、タバコをくわえて火をつけた。

「ねえ。山本さん」

「あ」

「なんでヤクザやってるの？」

普通の女なら訊かないようなことを、由香は思ったまま口にする。

「おまえに関係ねーだろ」

「ヤクザってさ、どうやって生活してるの？　あと、ヤクザってなんで夜なのにサングラスかけてるの？」

由香が小走りになって、山本に追いついてきた。

「そうだ、ヤクザってなんで親父！　とか兄貴！　って呼ぶの？」

言いながら笑っている。おちょくっているのだ。

「おまえ沈めんぞこら」

振り返って由香を海のほうへ押しやる。由香は悲鳴をあげた。

「もう、さわんないでよ！」

「さわってねーだろ」

ぶらぶら歩きだした山本に、由香が笑いながらまた追いついてきた。

「だって、本物に会えることなんて一生ないと思ってたから」

「本物も偽物もあるかよ」

空が徐々に白んでいく。山裾の灯りもほとんど消えた。

世界が目覚めて動き始めるほんの少し前の、布団の中でまどろんでいるような時間。

そこに、ふたりはいた。

「……ねえ、なんでヤクザやってんの？」

由香が、もう一度訊いてきた。からかっているのではないことは、その声音でわかった。

しばらく考えて、山本も真面目に答えた。

「家族だからな。なんでとか、ない」

「……本当の家族は？」

「そんなもん、いない」

由香はひと呼吸置くように海を見て、再び山本に目を戻すと、少しだけ山本に近づいて言った。

「……私も、いない」

たった、それだけのやりとりだった。

それだけだったけれど、なぜか心の距離が近づいたような気がした。

山本はなにも言わずにタバコをふかし、来た方向にゆっくりと戻り始めた。

「ねぇ！　帰んの？」

由香の声に足を止め、

「……早く来い」

振り返ってぶっきらぼうに言い、また歩きだす。

由香はフッと表情を緩めて、山本の背を追いかけた。

「ねぇ！」

「なんだよ」

「暗くないの？　サングラス」

言いながら、顔を覗《のぞ》き込む。

「暗くねぇよ、バカ」

由香がアハハと明るい笑い声をあげた。

その声につられたように、ちょうど朝陽が顔を出した。

ガードは堅いし、ヤクザ相手に物怖《ものお》じしないどころか、逆におちょくって楽しんでいるようなタマだ。

だが由香といると、山本は不思議と心が凪《な》いだ。

煙崎市立大学文学部の四年生。三島《みしま》市のはずれの田舎町で生まれ、小さい頃に両親が離婚し、由香を女手ひとつで育ててくれた母親は、中一の時に事故で他界したという。

父親とは縁が切れており、金銭的に頼れる親戚《しんせき》がいなかった由香は、遺児支援の奨学金をもらって全寮制高校に進学した。高校時代も今と同様、毎日バイトに明け暮れていたそうだ。

あまりに山本の口数が少なく由香がしゃべるしかなかったためか、帰りの車の会話だけで、由香のこれまでを知った。

肉親に恵まれなかった境遇は似たり寄ったりだが、由香の生き方は、目を逸《そ》らして逃げてきた山本のそれとは違う。

山本はベッドに寝転んでタバコを吸いながら、ぼんやり由香のことを考える。

大学卒業後の夢がなんなのかまでは知らないが、由香ならきっと目標があるのだろう。忙しい卒論の合間を縫ってキャバクラのバイトをしているのは、「短時間で学費を稼ぐためと、将来のための社会勉強」らしい。

　だが田舎育ちですれていない由香は、たまに客を怒らせてしまうことがある。そんな時も夏美は叱ることなく、大人の世界のルールを優しく教えてくれるのだと、由香は嬉《うれ》しそうだった。

……あれじゃあ、確かに怒る客もいるだろうな。

　山本はフッと笑いを漏らした。目の前に鏡があったら、自分の顔がかってないほど和らいでいることにびっくりしたに違いない。

　だがそれもつかの間のことで、大原から電話がかかってきたとたん、表情がいつものそれに一変する。

「どうした？……わかったすぐ行く」

　ベッドから飛び起きた。柴咲と一緒に、車で近くまで来ているらしい。

「いや……年とるとな、暇で。大原が釣り得意だからっていうから。なあ？」

　後部座席に山本と並んで座り、柴咲はのんびりした口調で言った。

「……俺は、得意じゃないっすけど」

　何事かと思えば、これから釣りにいくから付き合えという。何事もなく安堵《あんど》したものの、山本は逆に拍子抜けしてしまった。

「いいじゃねぇか。俺だってこんな恰好《かっこう》させられてんだから。なあ大原」

いつもダンディな服装の柴咲が、今日は防水加工された釣り用の防寒上着を着込んでいる。

「自分的には最高です」

運転しながら、大原はニコニコしている。

「おまえなあ、親父にこんな恰好させてんじゃねえぞ」

「すいません」

と言いつつ、顔がにやついている。柴咲と山本と三人で釣りに行くのが、よほど嬉しいらしい。

「こいつ、いっつも賢治さんが、賢治さんがって、おまえの話しかしないんだよ」

柴咲が笑う。

「よけいな話してんじゃねえよバカ」

「すいません！　ハハハ」

大原はまったく反省の色なしだ。

「……そういや結局決裂しちゃったよ、加藤とは」

山本を気遣ってだろう、さりげなく柴咲が言った。

「親父……迷惑かけて、申し訳ありませんでした」

山本は頭を下げた。相手はあの加藤だ。どんないきさつだったかは聞いていないが、だいたいの想像はつく。

「気にすんな、あんな雑魚《ざこ》」

「……はい」

「それより、俺になんかあったら、これからはおまえたちの時代なんだからな。頼むよ」

雑談のように、そんなことを言う。山本は思わず真顔になった。

「なに言ってるんですか。親父のことは死んでも俺が守りますから」

この世界では当たり前のことだ。だがほかの組と違うのは、柴咲もまた、子分のために躊躇《ちゅうちょ》なく命を投げ出すだろうということだ。

「嬉しいねえ」

柴咲は破顔して、「聞いたか？　大原」と後ろから角刈り頭をペチッと叩《たた》いた。

「はい！　俺が親父も兄貴も守ります」

「百年早《はえ》えんだよ馬鹿野郎」

山本がツッコみ、車内は笑いに包まれた。

大原はバイクより車のほうが好きなようで、喧嘩《けんか》は強くないが、ヘタレなぶん、運転は山本や細野のように荒っぽくなく慎重で細やかだ。

それに柴咲を乗せるときは、いつも聴いているモーニング娘。やＳＰＥＥＤのＣＤをグローブボックスにしまい、カーオーディオに柴咲の好きなジャズの名盤をセットしてある。

柴咲は腕組みをして目をつむり、音楽を聴《き》きながら心地よさそうに車の揺れに身を任せている。

こんな時でもなければ、柴咲に話せる機会などないかもしれない。

「……親父、あのぉ……」

山本が口ごもりつつ切り出そうとしていると、すかさず「女ができたか？」と返ってきた。

「え？」

「え！　マジっすか！」

大原がルームミラーを覗き込み、素《す》っ頓狂《とんきょう》な声でかぶせてくる。

「うるっせえよ」

ルームミラー越しに大原を睨《にら》みつけた。

「顔見りゃわかるよ」

目を閉じたまま、柴咲がおかしそうに言う。

「はい、いや、どうなんすかねぇ、気が強い女で……。よくわかんないんですよね、まだ……」

しどろもどろで説明する。自分の気持ちを言葉にするのは、苦手中の苦手だ。

「……よかったな。大切にしろよ」

柴咲が、山本のほうを向いて穏やかに微笑んだ——その時だ。

フルフェイスのヘルメットをかぶったふたり乗りのバイクが柴咲側に並走してきて、パッセンジャーシートの男が柴咲に銃を向けた。

「親父、危ない!!」

とっさに山本が柴咲に覆い被《かぶ》さった瞬間、銃声がして窓ガラスが飛び散った。

窓の下に柴咲を隠すようにしてシートに蹲《うずくま》る。

鼓膜を突き破るような銃声が数発響き渡った。フロントガラスが砕ける音。車が右に急カーブを切り、駐車してあった乗用車に衝突して停まった。

バイクのエンジン音が遠ざかっていく。

「……親父……大丈夫ですか？」

身を起こすと左肩に激痛が走った。銃弾を食らっていた。

「ああ……大丈夫だ」

柴咲に怪我はなさそうで、ひとまず安心した。

身を翻し、バイクの男たちを追いかけようと山本は外に出た。折れているのか、左足に力が入らない。足を引きずりながら数メートル追いかけたが、バイクは突き当りのT字路を左折して見えなくなってしまった。

……くそっ。山本は肩で息をしながら、振り返った。

瞬間、時間が止まった気がした。

「……あぁ？……」

車のボンネットから、白煙が上がっている。

今、見えている光景は現実じゃないよな――そう願いながら、車に一歩一歩、近づいていく。

血を流し、ぴくりとも動かない大原の顔が見える。涙で視界がぼやけた。頼む。気を失っているだけであってくれ。

助手席のドアを開け、シートにもたれかかっている大原の上着をつかむ。

こめかみに、銃弾が貫通していた。

「……おい……嘘だろぉ……おい、大原ぁ」

いつの間にか柴咲は車の外に出て、沈痛な面持ちで立ち尽くしている。

「大原！　おい！　大原！　返事しろよ、大原……」

山本はその場に泣きくずれた。

ほんの数分前まで、あんなに楽しそうに笑ってたじゃないか。

これから三人で釣りに行くんだろ。

おまえ的には最高なんだろ、なあ――。

柴咲以下、入院中の山本を除く全組員が参列して、大原の葬式は盛大に行われた。

読経に混じって、大原の親族のすすり泣く声が聞こえる。

細野は涙を拭《ぬぐ》うこともせず、じっと悲しみに堪えていた。

大原と友達になったのは、小学校高学年の頃だ。塾の仲間と遊び半分でタバコを吸っていたのが見つかって、それまで人気者だった細野に、学校の友達は手のひらを返したように近寄らなくなった。そのとき唯一、細野のそばにいてくれたのが大原だった。

愛子が、翼を連れて焼香にきた。帰り際、翼が立ち止まって、細野になにか言いたそうにしている。

喉《のど》が張りついたように声が出てこなかった。だがなにか問われたとしても、翼に答えてやれる言葉など、きっと見つからない。

細野は笑顔をふり絞って翼に笑いかけ、頭を撫《な》でた。

愛子が黙って翼を連れていく。

細野はまた、祭壇を向いた。

なにをするにも、大原と一緒だった。悪さも日雇いのバイトも、金魚のフンのようにふたりして山本にくっついて回り、そうだ、初めてエロビデオを観たのも大原とだったと、つまらないことばかり思い出す。

――雷鳴と稲妻を起こす雷神がいなくなったら、風神だけじゃあ迫力ねぇだろう。

涙が溢《あふ》れて止まらない。

バカ、なんで泣いてるんだよ――そう言っているように、大原の遺影が明るく笑っていた。

誰もいない火葬場の一室で、柴咲は松桜会の会長から電話を受けていた。

「いや会長、そんな話のめませんよ！　こっちは若い衆が……」

一方的に電話は切れた。小さく舌打ちして携帯を閉じる。

――こんな馬鹿な話があるか。

怒りを堪《こら》えて待合室に入る。組員たちが一斉に起立した。

一同が次つぎ黙礼する中を奥に進んでいくと、広々とした中庭の見える窓際のソファ席で、長年つきあいのある、見慣れた顔が待っていた。

大迫だ。黙って向かい側に座る。大迫の後ろには小関が、そして柴咲の後ろには中村が控えた。

「……因果なもんですよねぇ、本当に死ぬべきやつってのは、あんがい死なないもんで、不器用な人間から先に死んでく。八年前の木村のときとおんなじだ」

大迫の言葉に、憔悴《しょうすい》した柴咲の顔がかすかに歪《ゆが》む。

侠葉会との抗争のとき、県警本部の刑事と組んでいた所轄の捜査員が大迫だった。

「この一件、我々が処理しますんで動かないでください」

「親父を的にかけたの加藤だろうが！」

カッとした中村が口を出す。が、大迫は無視して続けた。

「柴咲さん、わかってますよね。これ以上行くと、本家筋の松桜会にもかなりの迷惑がかかる」

「こっちは大原、殺されてんだぞ！」

思わず中村が前に出た。大迫は中村のほうを見もしない。

「それでも動きますか？　柴咲組全員が路頭に迷うことになりますよ」

柴咲は口を閉ざしたまま、窓の外に目を向けた。対立抗争になれば、暴対法に則《のっと》って警察が動くだろう。

「これからは、社会でヤクザを裁くのは法や警察だけじゃない。世の中全体に排除されるようになります」

柴咲は大迫に視線を戻した。眼鏡の奥の目に薄い笑いを浮かべている。

「……時代は変わっていくんですよ」

苦いものを呑《の》み込んだような表情《かお》の柴咲を、中村がじっと見つめていた。

山本は、病院の窓から空を見上げていた。

大原はもう、荼毘《だび》に付された頃だろうか。こんなことになるなら、何度でも釣りに付き合ってやるんだった。

大原が柴咲組に入るとき、家族は泣いて悲しんだと聞いた。

父親は煙崎市の製紙メーカー勤務のごく普通のサラリーマンで、両親と三つ違いの姉、そして祖母の五人家族だった。誰からも可愛がられる性格だから、家族にもさぞ愛されていただろう。

それなのに、二十四の若さで逝かせてしまった。山本が誘ったわけではないが、自分と知り合っていなければ——その思いが頭から離れない。

柴咲を狙って後部座席の窓から銃弾が撃ち込まれたあと、大原はこめかみに銃撃を受けていた。

だがそのあとも、車はしばらくまっすぐに走った。急ブレーキを踏むことなくスピードを落としていき、車の前方に出たバイクがフロントガラスに向けて発砲した瞬間、大原は右にハンドルを切った。

頭に銃弾を食らいながら、大原は、柴咲と山本に怪我をさせないよう頑《かたく》なにハンドルを握り続けたのだ。

百年早《はえ》えんだよと笑ったが、大原は言葉通りに柴咲と山本を守ってくれた――自分の命と引き換えに。

病室のドアが開いた。柴咲と、花束を持った細野だった。

「親父……」

起き上がろうとする山本を、柴咲が「まぁまぁ」と手で制しながら、ベッドのほうに歩いてくる。

「大丈夫っす……」

点滴のチューブに邪魔されながら上体を起こす。

「どうだ？　傷の具合は」

背の高い柴咲が、ベッドに手をついて屈《かが》み込んだ。

「今すぐ動けます。俺に行かせてください」

まっすぐ見上げる山本から目を逸《そ》らし、柴咲は苦悶《くもん》の表情で椅子に座った。

「……ケン坊。今回の件な……サツにケツ預けることになった」

詰まりながら、柴咲は言った。

「……なに言ってんすか。大原、殺《や》られたんですよ」

山本は愕然《がくぜん》とした。俠葉会の、加藤の仕業だということに疑いの余地はない。

「わかってる」

「親父！」

山本は身を乗り出した。だが柴咲は目を伏せ、山本と目を合わせようとしない。

「全部俺が悪いんです。俺にケジメつけさせてください」

仇《かたき》をとらないことには、大原の墓参りにも行けない。

「……ケン坊。もう終わったことだ」

そう言うと、柴咲は立ち上がって山本に背を向け、窓の外を見た。

そばに立っている細野も、苦しそうに黙り込んでいる。

山本の目に、涙が滲《にじ》んだ。

『今月五日十一時ごろ、指定暴力団三代目松桜会系組長を乗せた乗用車が煙崎市内を走行中、拳銃《けんじゅう》で襲撃された事件で、車内にいた組員男性ひとりの死亡が確認されました。殺人などの疑いで逮捕されたアジア国籍の男は、警察の取り調べに対し現在黙秘を続けており――』

夕方のニュースの報道を、山本は病室のベッドで聞いた。

日本に来て食い詰めたアジア系のゴロツキに金を握らせて殺人を請け負わせる。

実行犯が捕まれば事件は解決で、加藤が殺人教唆で逮捕されることはない。ヤクザの下っ端がひとり殺されたくらいで、警察は突き上げ捜査などしない。

関係者なら誰もが知っていた筋書きだ。

消灯時間が過ぎ、ほの白い天井を無表情で見つめる。

組長室に一家の写真を飾ってあるほど、組員を家族のように思っている柴咲のことだ。ほかの組員を守るためとはいえ、苦渋の決断だったに違いない。

だがこうしている今も、加藤と川山が我が物顔で街を練り歩いていると思うと、腸《はらわた》が煮えくり返って引きちぎれそうだ。

いったん狼煙《のろし》をあげたら、もう後には引き返せない。肚《はら》はもう決まっている。

握りしめていた携帯電話が振動する。

山本はベッドから起き上がり、点滴の針を引き抜いた。

――三十分後、繁華街に、左足を引きずりながら歩く山本の姿があった。

左腕はようやく動かせる程度だが、右手が使えれば十分だ。

若い男女でにぎわうクラブに入っていくと、入り口近くに、細野が顔をこわばらせて立っていた。

細野が持っている小さな紙袋に、さりげなく手を伸ばす。

……やつら二階にいます。大迫も一緒です。

細野が小声で山本に耳打ちする。硬い声から、細野の緊張が伝わってきた。

捜査に関する情報を仕入れるため、マル暴の刑事が暴力団員と接触するのはそう珍しいことではない。大迫のような古株ならなおさらだ。少し前までは、検挙率を上げるための裏取り引きは当たり前だったと聞く。

厄介だが、邪魔はさせない。

階段を上がっていく途中で、紙袋を捨てた。

右手にひんやりした感触。

金はかかっても、素性のしっかりした新品の実銃を手に入れろと言っておいた。

ドスと同じように、至近距離から確実に一発で仕留める。ヤクザが弾詰まりのしないレンコン——回転式拳銃を使うのは、いざというとき使い物にならなくては話にならないからだ。

事が終われば、その足で自首するつもりでいた。山本がハジキを振り回してカチコミをかけたと知ったら柴咲《おやじ》は——いや、今は考えるのはよそう。

階段を上り切ると、いくつか仕切られた部屋が並んでいた。

すぐ近くの部屋から、すすり泣くような女の声が聞こえている。

「うるせえよこのアマ！」

川山の声だ。

拳銃を握る手がじわりと汗ばむ。標的を撃ったことはあるが、人に向けたことは、まだない。

もう一度グリップをしっかり握りしめ、部屋の中に入った。

「……川山」

ホステス風の女と後背位で性交していた川山が、間の抜けた顔でこっちを向いた。

「え？」

その額に銃口を定め、撃鉄を倒す。

――死ね。

引き金を引こうとして、山本はほんの一瞬、ためらった。

その刹那《せつな》、山本を後ろから押しのけて誰かが疾風のように走り抜けた。

中村だ。

ドスを腰だめに両手で構え、川山に向かって突進していく。

その勢いのまま、体ごとぶつかって川山の腹を刺した。引き抜いてもう一度刺す。

びっくりしたような顔の川山が、大量の血を吐いた。

「キャァ！」

半裸の女が悲鳴をあげて逃げていく。

中村はドスを握りしめ、その場にへたり込んでいる。

なんてこった――。

「……兄貴……」

山本がようやく声を押し出すと、返り血を浴びた中村が、ぼんやりと赤く染まった顔を上げた。

「……賢治……親父、頼むぞ」

山本が知るかぎり、中村も人を殺《あや》めたことはない。

――だめだ。だめだだめだ。

そばに駆け寄り、放心状態の中村の腕をつかむ。

「兄貴……行ってください。兄貴が親父、支えないと！」

山本は中村の手からドスを奪い取った。

「行って！」

思いっきり押しやると、中村は転がるように部屋から逃げていった。

川山は虫の息で、ヒクヒクと体を痙攣《けいれん》させている。

「……うわあああ！」

山本は咆哮《ほうこう》をあげながら川山を刺した。

もう一度、さらにもう一度。腸がズタズタになるまでドスを押し込む。

瀕死《ひんし》の川山が、断末魔の唸《うな》り声をあげた。その口を押さえて、メッタ刺しにする。

中村の一突きが致命傷だったことはわかりきっていたが、自分の手を汚さないまま終わりにはできない。

手応《てごた》えがなくなった。川山は切り裂かれたズダ袋のようになって、さっきまで女の尻《しり》を突き上げていたソファに沈み込んでいる。

「ハァ……ハァ……ハァ……」

肩で息をしていると、複数の足音と男の声が聞こえてきた。

「どいて！　どけ！　こら！」

山本は立ち上がって、足を引きずりながら別のドアから逃走した。

入れ違いに駆け込んできたのは、大迫と加藤だ。

「えっ……」

大迫が息を呑《の》んだ。川山が、下半身剝《む》き出しのまま血だるまになっている。

加藤が山本の逃げていったドアを開けたが、姿はすでになかった。

妙な胸騒ぎがして、由香はふとシャープペンシルを持つ手を止めた。

スタンドライトの下で、さっき淹《い》れたインスタントコーヒーが湯気をあげている。

机に広げているのは、公務員試験の問題集だ。大学卒業後に受験するため、由香は四年生になってから、コツコツ勉強をしている。

由香が高校と大学に通えたのは、遺児支援のNGO団体が貸与している奨学金のおかげだ。その無利子の貸与部分を二十年かけて返済するので、借金を背負っての社会人スタートになる。

そういう事情もあって、由香は高校生のときから、堅実で安定した職業に就きたいと漠然と思っていた。

大学に入って驚いたのは、水商売のバイトをしている子が多かったことだ。

みんなファミレスやファストフードと同じような気軽さで、キャバクラやスナックで働いている。ほかのバイトだと半年かかるところを、ひと月でブランド物のバッグや海外旅行の資金が貯まるのだから、無理もないのかもしれない。

『セラヴィー』のバイトは、三ヵ月前、ゼミの友達に紹介してもらった。田舎育ちの由香は正直、水商売には抵抗があったけれど、公務員試験のために少しでも勉強する時間が欲しかったし、紹介してくれた友達が由香と同じように学費を稼ぐためにバイトしていると聞いて、やってみようという気になった。

それが今も続いているのは、やはり夏美の存在が大きい。

恵まれた環境の子たちに比べて、由香は世の中の不条理をよけいに味わってきた。時には、怒りや悲しみで心が折れそうになる。

けれど夏美は、たとえば客とのトラブルひとつとっても、相手がどんなに理不尽であろうと笑顔を絶やさない。お金を稼ぐってそういうこと。そう言って笑う夏美に、たくましく生きていく術《すべ》を教えられた気がした。

仕事そのものより夏美から学ぶことのほうが多く、今では本当の姉のように慕っている。

そんな中で、山本と出会った。

これまでも、彼氏やデートした男性は何人かいた。けれど、ほぼ初対面にもかかわらず、自分の過去を話したのは山本が初めてだった。

不愛想だし強引だし、なによりまずヤクザだ。好きになる要素なんてひとつも見当たらない。なのに、なぜかあの夜明けの海で、由香は近しい人と心が繋《つな》がっているような安心感を覚えた。

——見かけはああだけど、それほど悪い人じゃない気がする。

今度はいつ会えるだろう。別に待ってるわけじゃないけど、と自分に言い訳する。

でも、卒論の追い込みで、しばらく『セラヴィー』のバイトは休むという連絡だけ

でも……いやいやまだそんな仲じゃないから！

邪念を振り払って勉強の続きをしていると、ふいにドアを叩《たた》く音がした。

驚いて玄関を見る。誰だろう。こんな夜ふけに、なにかの勧誘や押し売りでもないだろう。だが、突然アパートを訪ねてくる友人も知人も思い浮かばない。

ノックの音は、途切れ途切れに続いている。

「……誰？」

玄関に行って声をかけてみたが、返事はない。代わりにまた、トン、トンとノックの音。

おそるおそるドアの覗《のぞ》き穴《あな》から外廊下を見た由香は、息を呑んだ。

急いでドアを開ける。

全身に血を浴びたような、異様な様相の山本が立っていた。

「……とりあえず入って」

腕を取り、中に招き入れる。山本は荒い息を吐き、足を引きずりながらふらふらと入ってきた。壁に手を突いて、今にも倒れそうだ。

「座って」

支えようとしたが、山本は力尽きたように玄関先に倒れ込んだ。

混乱したまま、とりあえずタオルを取って差し出す。だが、山本は肩で息をするばかりで、手に取ることすらできない。

そばにしゃがんで顔の血を拭《ぬぐ》ってやり、血に染まったジャケットとシャツを脱がせた。いつ怪我をしたのか、肩に包帯を巻いている。

山本がいきなり右手で由香を抱き締めた。

すすり泣きのような声をあげ、由香のカーディガンの背中を握り締める手は、小刻みに震えている。

……いったいなにがあったというの……。

肩の怪我も、体についた血も、恐怖に慄《おのの》いている理由も、聞けばきっと後悔する気がして口に出せない。

冷たい床にうずくまっているわけにもいかず、立ち上がろうとしたとき、由香はハッと固まった。

背中一面に彫られた阿修羅《あしゅら》が、闇の中で炎のように浮き上がっている。

——この人、本当にヤクザなんだ。

体じゅうに刻まれた入れ墨を目の当たりにして、由香は自分が甘く考えていたことに気づいた。けれど、不思議と怖くはない。むしろ美しいとさえ思った。

山本が嗚咽《おえつ》しながら、由香にしがみついてくる。

ヤクザなんかと関わり合ったら、人生を棒に振るようなものだ。できれば夫も安定した公務員、家は小さくてもいいから庭付きの戸建てで、子供は男の子と女の子ひとりずつ、トイプードルを飼って、年に二回の家族旅行……今どき誰も夢見ないような、そんなささやかな将来さえ砂上の楼閣になってしまう。

出ていってと一言、言えばいい。もうつきまとわないでと、突き放せばいい。

なのに、こんなものを背負って、この人はなにと闘ってきたのかと思うと、たまらなくなる。どこにも行き場がなくて、由香のところに来たのかと思うと、胸が絞られるように泣きたくなる。

由香はためらいながらも、山本の背に手を滑らせた。頭を抱えるようにしてぎゅっと抱きしめ返す。

——大丈夫。大丈夫だから。

山本がゆっくり顔を上げ、由香にキスした。由香は受け入れた。

狂おしいほどの愛《いと》しさで、山本を強く胸に抱きしめる。

山本は由香を押し倒し、その体を貪《むさぼ》るように求めた。

布団から剝き出しになっている裸の肩が冷たくて、由香は目を覚ました。けぶったような朝陽が窓から射し込んでいる。

隣りに山本はいなかった。いつ出ていったのか、部屋のどこにも姿はない。

ベッドから身を起こしてふと机の上を見ると、帯封に血の付いた一万円の札束が三つ、重ねてあった。

胸の奥がざわつく。あのお金はどういう意味だろうか。嫌な答えしか思い浮かばない。心が通じ合ったと思い、ほんの数時間前、初めて体を繋げたばかりなのに……。

開きっぱなしだった勉強用のノートになにか書こうとした形跡が残っていたが、そこに言葉はなかった。

けっきょく、山本は由香に別れも告げずアパートを出てきてしまった。

これから殺人罪で塀の中へ行く。何年後になるかわからないが、シャバに戻るまで待っててくれ——生まれて初めてたったひとり愛した女に、言えるわけがなかった。

山本は、誰もいない柴咲組の応接ソファに座り込んでいた。

六年間、ここが我が家だった。親父がいて叔父《おじ》貴たちがいて、兄弟がいた。山本の家族だった。皆で肩寄せ合い、上を目指していきたかった。

壁の時計が八時を指そうとする頃、柴咲と中村が事務所に入ってきた。

柴咲が山本のそばまで歩いてくる。

山本はよろけながら立ち上がった。柴咲に向かい、謝罪を込めて頭を下げる。

柴咲は、なんとも言えない表情《かお》をしていた。

山本の肩をつかもうとして怪我をしていたことを思い出し、首の後ろをつかんで二、三度揺らすと、たまりかねたように山本を抱きしめた。

「……この……親不孝もんが」

涙声だった。山本を強く抱きしめ、愛おしむように背中をさする。

山本はやはり言葉が見つからなかった。どんな言葉を連ねても、半端な自分を息子にしてくれた柴咲の恩に報いることなどできはしない。

なにを考えているのか、中村は能面のような顔で入り口近くに立っている。

そのとき、山本自らの連絡を受けていた大迫が、小関と数人の刑事を連れて入ってきた。

気づいた柴咲が、山本から離れて背を向ける。

大迫は柴咲の背中を一瞥《いちべつ》すると、虫けらを見る目つきで山本に手錠をかけた。

「……ったく、血は争えねえな」

なにも言い返せなかった。

連行されていく途中、中村と目が合った。

足を止め、黙って頭を下げる。

「行くぞ」

小関に背中を叩かれ、山本は足を引きずりながら扉に向かった。

中村の顔が歪《ゆが》んだことには、気づかなかった。

学校から帰ってきた翼は、店のテレビ画面に釘付《くぎづ》けになっていた。

「……ママ！」

ランドセルを背負ったまま、母親を呼ぶ。

「んー？」

厨房《ちゅうぼう》から、夜の営業の仕込みをしていた愛子が出てきた。

『煙崎市内にあるクラブ『スモーク』で暴力団組員の男性が殺害された事件で、警察は今日午前八時過ぎ、容疑者の暴力団組員の男を逮捕しました。殺人などの疑いで逮捕された男は、指定暴力団三代目松桜会系幹部、山本賢治容疑者二十五歳。山本容疑者は警察の調べに対して「自分が刺した」と容疑を認めており――』

呆然としている愛子の横で、翼は刑事に連行されていく山本の姿を食い入るように見つめていた。

長い長い留置所の廊下を、刑務官に挟まれて、足を引きずりながら歩いていく。

山本は前を向き、一点だけを見つめている。

覚悟が決まっているのか、後悔しているのか、それとも諦《あきら》めているのか──。

その表情からは、なんの感情も読み取ることはできなかった。

第三章　二〇一九年（令和元年）――十四年後

朝靄《あさもや》の漂う路上に、ヘッドライトを点灯した一台のプリウスが停まっていた。

道の反対側には、有刺鉄線が張り巡らされた高い塀が続いている。

中村は後部座席に座り、タバコを吸っていた。柴咲が禁煙してからも、銘柄は相変わらずマイルドセブンだ。この歳になると、新しいものは面倒になる。

ただ、昔かけていた薄い色つきのサングラスは、老眼鏡に替わった。

今で言うシングルマザーだった母親が男を作って失踪《しっそう》したのも、こんな靄の濃い朝だったとふと思い出す。

中村はまだ九歳だった。親戚《しんせき》をたらい回しにされ、人間扱いされた記憶がない。なにも悪いことはしていないのに、どうしてこんなに虐げられるのか。

自分で自分の身を守るしかなかった中村は、中学を卒業後、肉体労働をするようになった。思い出したくもないが、最低限の賃金で朝から晩まで働かされ、いつも腹を空《す》かせているような生活。空腹は若い精神を滅入《めい》らせる。

鬱《うつ》になりかけていたとき、酒場で声をかけてきたのが木村一だった。気さくで話し上手な男がよもやヤクザ者だとは思わず、銭湯に誘われてついていった中村は、無数に彫られた木村の入れ墨に息を呑《の》んだ。

そして、その銭湯にひと際目立つ入れ墨の男がいた。

背中に施された、倶利迦羅竜王《くりからりゅうおう》の模様。天に向かう剣に黒竜が巻きつき、剣を呑み込もうとしている――俗にいう、倶利迦羅紋紋というやつだ。

それが、柴咲との出会いだった。

自分のように迫害されてきた人間を守ってやりたい。苦痛に満ちた生活の中でそう願い続けてきた中村は、柴咲の語る任侠《にんきょう》道にいっぺんに魅せられた。だからこそ、山本への息子を見るような柴咲の眼差《まなざ》しに嫉妬《しっと》したこともあった――。

塀の扉が開いて、刑務官が出てきた。続いて出てきたのは、黒いコートを羽織り、ボストンバッグを提げた中年の男だ。

プリウスの運転席から若い衆が慌てて飛び出し、後ろに回って後部座席のドアを開けた。片手でドアを支えながら、降車の際に中村が頭をぶつけないよう、もう一方の手をかざす。

白い息が、薄れていく靄に紛れ込む。

塀の中から出てきた男が、中村のほうを振り向いた。

十四年の刑期を終え、出所した山本だった。

見慣れない景色が車窓を流れていく。

中村と車の後部座席に座り、山本は様変わりした街を眺めていた。

以前とは違う店やビル。地方は高齢化の速度が速いのか、通りを歩く人々に老人の割合が増えた気がする。

あのディスカウントストアらしき大きなビルの名前は、外国の小説に出てくる、気のふれた主人公と同じじゃなかったか。たしか、風車に槍《やり》で突っ込んでいく……。

刑務所でも、テレビや新聞を見ることはできる。だが山本は、ほとんど外界の情報を遮断していた。それまで活字と言えば少年漫画雑誌くらいしか読まなかったのに、刑務所での自由時間は、もっぱら読書に費やした。そうでもしていなければ、とても正常ではいられなかったろう。

浦島太郎《うらしまたろう》の気分を味わっているうち、柴咲組の事務所に到着した。

車を運転していた若手組員の松田《まつだ》が、すばやく運転席を降りた。初めて見る顔だった。後部座席の扉を開け、「失礼します」と車を降りる山本の頭を手でかばう。

松田は部屋住み――事務所に寝泊まりし、電話番や雑用をする組員で、シノギをしない代わりに、組が生活の面倒を見る。万事マイペースだった豊島が息子のように可愛がり、任侠道を教え込んでいるという。

山本は、建物を見上げて目を見張った。

ビルは老朽化が進み、雨風で色褪《いろあ》せたのか、金色に輝いていた『柴咲組』の文字はほとんど消えかけている。まるで組の看板を下ろしてしまったかのようだ。

あとから車を降りてきた中村が山本の肩を軽く叩《たた》いて促し、先にビルの中に入っていく。

この時間にはもうほかの組員たちも来ているはずなのに、事務所は人の気配がなく、がらんとしていた。空き屋のような寒々しさを感じるのは、以前はあった観葉植物がなくなっているせいか。監視カメラの映像もすべて落ちていた。

戸惑っている山本におかまいなく、中村はさっさと奥に行って組長室の扉をノックした。

「おう」

中から柴咲の声。

「失礼します！」

中村が扉を開けて部屋に入り、山本も続いた。

「失礼します」

戸口で辞儀をして、中に入る。

窓を背に、和装の柴咲が立っていた。めっきり皺《しわ》と白髪が増えた。以前はがっしりしていた体も、肉が落ちて老いを感じさせる。考えてみれば、柴咲ももう七十五だ。だが、穏やかな笑顔は変わらない。

「親父……」

涙をこらえ、山本は深く頭を下げた。

「ただいま戻りました」

柴咲が、山本に歩み寄ってきた。

「……ご苦労さん」と深々と腰を折る。

そのひと言に万感の思いが伝わり、ぐっと込み上げるものがあった。慌ててそれを呑み下す。

柴咲は山本の顔を見ると、安堵《あんど》したようにため息をついた。さらに山本のほうへ一歩近づき、肩に両手をかけて、無事を確かめるように体に目を走らせる。

「……服、ありがとうございます」

いま着ている新品のスーツは、出所が決まったときに柴咲が差し入れてくれた。羽織っていた黒いカシミヤのコートは、かつて柴咲が愛用していたものだ。

柴咲は何度もうなずいた。

「似合ってるよ」

そう言うと、机の上の袱紗《ふくさ》から祝儀袋を取り出し、山本に差し出した。

「これ……気持ちだけ」

薄い祝儀袋が申し訳ないようで、山本から目を逸《そ》らしながら「ごめんな」と背を向ける。

出所する少し前、同室になったヤクザから小耳に挟んだことがある。今やヤクザを取り巻く情勢は季節ごとに変わる。刑期を終えて戻ったら、組が解散していることなどザラだと。

そんなバカなことがあるはずないと、山本は聞き流していたのだが――。

「……ありがとうございます」

切なさを覚えながら、山本はまた頭を下げた。

一審判決で実刑が出て、多くのヤクザがそうするように、山本も控訴はしなかった。模範囚であっても、組から離脱しないかぎり仮釈放はない。ゆえに山本は満期で出所した。

鉄砲玉の若い衆がジギリをかけて刑期を務め上げ、幹部に取り立てられるのがヤクザの出世コースだったのは、暴対法以前の大昔の話だ。

今は重罰化が進み、暴力団同士の抗争事件による殺人であっても、無期懲役が求刑されると聞く。気の遠くなるような長い時間を塀の中で過ごしたが、四十の手前でシャバに出られたのは、幸運だったのかもしれない。

すっきり晴れ渡った空に、林立する煙突からもくもくと白い煙が上がっている。その煙が雲になって、空に浮かんでいるようだ。

以前と変わらぬ景色に出会って、山本は少しほっとした。

街を見下ろすこの場所で、大原もきっと安らかに眠っていることだろう。

途中の花屋で買った仏花と缶ビール、そして大原が愛煙していた赤マル——マールボロを一箱、供えた。目をつむり、一心に手を合わせる。

やっと、大原の墓に線香をあげることができた。刑務所《ムショ》を出て親父に挨拶《あいさつ》したら、まっ先に来ようと決めていた。

組が用意してくれた家は、市街地にある古びたアパートだった。

「どうぞ」

松田が部屋のドアを開けてくれる。

台所と風呂《ふろ》トイレつきの六畳二間。冷蔵庫やテレビなど、必要最低限の家電と布団が一組だけ揃っていた。

松田が山本の荷物を置き、「鍵《かぎ》です」と部屋の鍵を差し出す。

「おう」

「あと、これ中村の兄貴からです」

紙袋の中は、携帯電話——スマートフォンというやつが入っていた。

「……携帯ぐらい、自分で買うよ」

少しムッとして紙袋を返すと、松田に押し戻された。

「いえ、あの、買えないんすよ、今は」

「あ？」

「いや、買えるんすけど、あの、条例で、携帯一台でもなにかと今は面倒くさいんです。……ヤクザは」

なにもかも、以前とは変わっているようだった。

松田が帰ると、山本は、刑務所から返品された昔の携帯電話を取り出した。

充電し、画面に表示された由香の電話番号を、慣れない手つきでスマホに打ち込んでいく。

『……おかけになった電話番号は現在使用されておりません……』

予想はしていたものの、やはり落胆した。

山本の収監中、由香は一度も面会に来なかった。

手紙の一通すらも、届くことはなかった。

その夜、柴咲の自宅で山本の出所祝いが行われた。

紫檀《したん》の座卓の上に仕出しの弁当や酒が並ぶ。

下座に着いた中村が、グラスを手にしかつめらしく挨拶を始めた。

「本日、こちらの山本賢治が、刑期満了にて帰ってまいりました。十四年もの刑期を耐え抜き無事に戻ってこられたことを、今宵《こよい》、柴咲組一同で盛大に祝いたいと思っております」

ちょうど二十年前、山本はこの部屋で柴咲から親子盃《さかずき》を受けた。

あのときは部屋から人が溢《あふ》れるほどだったが、今夜は床の間を背にした柴咲、その右手に山本、向かいに竹田と豊島、宴席の外に控えた松田、そして下座の中村と、たったの六人しかいない。

当然いるはずだと思っていた、細野の姿もなかった。

「それでは、乾杯！」

「乾杯」

それぞれビールを飲み干す。空になった山本のグラスに、柴咲がビールを注いだ。

「ありがとうございます」

会釈して、またビールに口をつけた山本を見届けると、

「……よし。あとはおまえたちで」

そう言って、柴咲は少し大儀そうに立ち上がった。

山本とほかの面々も立ち上がる。心なしか、柴咲の足元が頼りない。

「兄貴、大丈夫ですか」

手を差し伸べようとした竹田を制し、柴咲は座敷を出ていった。

見れば柴咲のグラスのビールは少しも減っておらず、料理にも箸《はし》をつけていなかった。

皆が座ったあと、山本もやっと腰を下ろした。

「……親父、どこか悪いんですか？」

組長室で再会したときから、悪い予感はあった。

「三年前に、がんにかかっちまってな」

中村はタバコをくわえて、火をつけた。

柴咲は血の混じった痰《たん》が出るようになり、皆からうるさく言われて病院に行ったところ、肺に悪性腫瘍《しゅよう》が見つかった。

肺がんは、ほかのがんに比べて転移しやすい。手術以降、定期的に受けていた検査

で去年、リンパ節に転移しているのが見つかったらしい。

柴咲がタバコを吸わないのも、柴咲の前で中村たちがタバコを吸わないのも、そういうわけだったのだ。

「気丈にふるまってるけど、相当しんどいはずだ」

そう言う豊島もつらそうだ。

「ケン坊。ずいぶん、減ったろ」

山本からは訊《き》きにくいだろうと気遣ってか、竹田が言った。

「……はい」

「みんな辞めちまってな。暴対法だけじゃない。八年前に条例が出て、一気に締めつけられてな」

「うちのシマは……？」

中村に訊く。

「加藤と大迫にうまいことやられてな、一斉排除だ」

大迫が県警のマル暴になったあたりから、加藤は裏で声をかけていたという。大迫は当時の市長を抱き込んで、侠葉会との橋渡しをしたらしい。

もしかしたら、山本がクラブにカチコミをかけたあのときも、すでに加藤と繋《つな》がっていたのかもしれない。だが少なくとも山本の父親が亡くなった頃は、まっとうな刑事だったはずだ。

いつが転機だったのか、大迫が柴咲に刑事として圧力をかけ、加藤の躍進にひと役買ったことは間違いない。ズブズブの関係になった今も、侠葉会から現金供与を受け、私腹を肥やし続けているという。

「じゃあ……今はどんなシノギをしてるんですか？」

山本が訊くと、一同は気まずそうに黙り込んだ。

暴力団対策法は一定の効果を上げはしたが、その結果、暴力団の活動が法律に触れないよう巧妙になるという弊害を生んだ。企業舎弟が増加し、暴力団組織の不透明化、潜在化、マフィア化はよく言われるところだ。

これによって一般の市民や企業への害悪が顕著になり、二〇一〇年（平成二十二年）に福岡県が制定したのを皮切りに、全国の都道府県と市区町村で「暴力団排除条例」が相次いで施行されることになった。

松田や竹田の言った条例とは、この暴排条例のことだ。

暴対法との大きな違いは、この条例が警察側からの取り締まりではなく、市民と企業の責務として暴力団を排除するよう定めている点だ。そうすることによって暴力団を社会的に孤立させ、収入源を断つのが狙いである。

たとえばみかじめ料を上納している店が、暴力団と縁を切ろうとする。すると侠葉会などは、見せしめのため暴力で脅しをかけ、これまでどおり関係を継続しようとする。しかし柴咲組のように情誼《じょうぎ》に厚い暴力団は、多くの店からみかじめ料を打ち切られ、シノギをほとんど失うことになってしまった。

「おい、いるか？」

「はい」

暗がりの海で、漁師カッパを着た豊島と松田が、浅瀬でせっせとタモ網を引き上げる。

同じく漁師カッパを着せられて海に連れてこられた山本は、持たされたタモ網を手に、波打ち際で所在なく佇《たたず》んでいた。

「小っちゃくて透明だからな……」

言いながら腰を屈《かが》め、頭に装着したヘッドライトで水面を照らしながら、集まってきたところをタモで掬《すく》い上げる。

「あ！　入った。これこれ、これが高く売れるんだよ」

豊島が嬉しそうに、タモの中で跳ねている六センチほどの透明な細長い魚を山本に見せにきた。

「シラスウナギ、今はこいつが飯食わしてくれてんだぁ」

自虐的に笑い、宝物を扱うようにウナギの稚魚を籠《かご》に移す。シラスウナギは別名「白いダイヤ」と言われているように、ひと晩で二十万、運がよければ五十万から百万にもなるという。

玉手箱を開けた浦島太郎は白髪の老人になったというが、山本は今まさにそんな気分だった。


落ちぶれてしまったのは柴咲組だけではないようで、以前はそれなりに活気のあった商店街はシャッター通りと化していた。

「ごちそうさまでしたー」

扉のカウベルが鳴り、オモニ食堂から、若い女性客のグループが出てきた。

「ありがとねー！」

最後の客を見送りに出てきた愛子が、ハッとして固まる。

「……ケン坊」

「ご無沙汰《ぶさた》してます」

山本が軽く会釈すると、愛子は歓喜の声をあげて山本に駆け寄った。

「おかえり！」

嬉《うれ》しそうに両手で山本の顔を挟み、目を潤ませる。

「いつ出てきたんだい？」

「……先週」

愛子はうなずき、店の中に目をやった。

「来てるよ」

ポンと山本の腕を叩《たた》き、先に店に戻っていくと、扉を開けて中に入るよう促す。

戸口に現われた山本を見て、ひとりだけ残っていた客が立ち上がった。

ジーパンにくたくたのヨットパーカ。長い付き合いだが、これまで一度も見たことのない恰好《かっこう》だ。十代の頃は派手なヤンキーファッション、組にいた頃は典型的なヤクザスタイルで、三人の中でいちばん洋服にうるさかった。

洗いっぱなしの髪には、山本と同じようにちらほら白いものが交じっている。

細野は泣きそうな顔で、山本を見つめていた。

辛いイカの炒《いた》めものや、豚の背骨とジャガイモを煮込んだカムジャタン。そして店のメニューにはない、愛子の連れ合いだった木村の得意料理だったというサンマの鍋《なべ》のコンチゲ。

愛子は山本の好物を覚えていてくれて、まだ箸《はし》をつけないうちから次から次と料理を出してくれた。

「これ……」

ビールで乾杯し、言葉少なにしばらく料理をつまんだあと、細野がおずおずと山本にスマホを差し出した。

受け取って待ち受け画面を見ると、うさぎのぬいぐるみを抱っこして笑っている三、四歳の女の子が映っていた。

「ガキ、可愛いっすよ」

細野の左薬指には、結婚指輪が光っている。

そうだったのか。家庭を持って、幸せに暮らしているのか——山本は安心した。

「おまえそっくりじゃねえか。おめでとう」

スマホを返しながら、心から祝福する。

「今は、なにやってるんだ？」

「あ……産廃処理です。二年前になんとか拾ってもらって……」

細野は七年前、組に脱会届を出して足を洗っていた。山本が刑務所に入って数年は足繁く面会に来ていたが、ぱったり顔を見せなくなったのもその頃だ。

「……親父たちと、なにかあったのか？」

中村に聞いたのは細野が組を離脱したことだけで、その理由が気になっていた。

「いや……もう潮時だなあって思って……」

細野はバツが悪そうにうつむいた。

「兄貴が帰ってくるまでは頑張ろうとしたんですけど……一般人に車ぶつけられて、修理代請求しただけでパクられて……ああこれもう無理だなって……」

自虐するように笑み、すぐにそれを引っ込めた。

「……すいません」

細野がぽつぽつと語る。大原は抗争で死んでしまった。そのあとすぐ山本も服役してしまい、細野はひとりぼっちになった。もとより細野には、極道の世界で成り上がろうという野心もない。

ただ山本を待ってだらだらヤクザを続けていたとき、たまたま歯痛で飛び込んだ歯科で、受付をしていた今の嫁と出会った。警察にパクられたのはきっかけで、嫁とつき合いはじめた時点で、堅気になろうという思いが芽生えていた――。

「……今は、順調なのか？」

そんな細野を責める気は、毛頭なかった。

「はい。ギリギリですけどなんとか」

「そっか」

「五年間は地獄でしたけど」

「……五年？」

「五年ルールです。ヤクザ辞めても、人間として扱ってもらうには五年かかるんですよ」

暴排条例には、「元暴五年条項」という規定がある。暴力団を離脱しても五年間は暴力団関係者と見なされ、現役の組員同様、銀行口座の開設や部屋の賃借、保険の加入、自分名義でのあらゆる契約や取り引きを禁じられている。

だからと言って、履歴書などに暴力団員だったことを隠して記載すれば、虚偽記載になる可能性がある。

ヤクザが一般社会に進出することはもちろん、足を洗ったヤクザが社会復帰して普通の市民生活を送ることは、少なくとも五年の間はほぼできない状況にあるという。

細野が口を閉ざし、会話が途切れた。

しばらく無言で酒を飲んでいると、愛子が、鉄板でジュワジュワ音を立てているサムギョプサルを運んできた。

「お待たせ！」

「食べましょ！　昔、よく食ったっすねえ」

細野が空気を変えるように言った。

「そうだな……」

もう上下の関係はなくなったのに、山本が先に食べるまで、細野は箸を伸ばさないでいる。

「食えよ」

「すいません、いいっすか。先、失礼します」

皿に取り、いただきます、とうまそうにガツガツ頬張る。

「なぁ細野。おまえ、由香って女、覚えてるか？」

「……ああ、あのクラブの。いましたね」

由香と山本の間になにがあったか、細野は知らない。

「あいつ……今、なにやってるか知ってるか」

「さあ。かなり前のことっすからね」

「うん……まぁ」

「知り合いとかに、聞いてみましょうか？」

「悪いな」

迷惑かもしれないと思う。けれどどうしても、ひと目だけでも由香に会いたかった。

もしなにもわからなかったら、これで終わりにしようと思っていた。

廃倉庫は、異様な熱気に包まれていた。

毎週、この場所で開かれるストリートファイト。要するにルール無用の喧嘩《けんか》だ。連戦連勝の金髪の青年と、挑戦者の赤髪の青年が薄いグローブをはめ、上半身裸で闘っている。

ぐるりと取り囲んだ観客は、三十人ほどだろうか。女性の数も少なくない。何人かはスマホで写真を撮ったり、動画撮影をしたりしている。

いずれも、一般市民からしたら自分の子供には近づけたくないような若者たちだ。

背中に翼のタトゥーを入れた金髪のファイターが、相手の顔面を捉《とら》えた。鼻から血を噴き出した赤髪に、間髪を容《い》れず連続で拳《こぶし》を叩き込む。

ドッと歓声が沸き上がった。

ファイトはスマホでライブ配信されていて、単に格闘好きなのかストレス発散の場を求めているのか、視聴者は三万人を超えていた。

金髪に強烈なパンチをお見舞いされた赤髪が倒れ、勝負が決まった。

「っしゃー！」

金髪が両手を上げ、スマホに向かって舌を出す。鍛え抜かれて引き締まった体。端整な顔には、無数の汗が浮かんでいる。

愛子の息子の、木村翼だった。

「いやあ今日もシビれたなー」

「最後の右ストレート、すんげぇよかった」

仲間たちに称賛されながら戻っていく途中も、「おつかれ」「おつかれっすー」とあちこちから声がかかる。

翼は高校に入ってから格闘技に目覚め、卒業後に地下格闘技に出入りするようになった。今では、この世界で翼を知らない者はいない。

ビールを開けて、みんなで乾杯する。

「おめでとー！」

瓶に直接口をつけ、渇いた喉《のど》に一気に流し込む。この瞬間がたまらない。

「動画観ますか？　さっそく」

「あれめっちゃいいの撮れてるよな。うまいことカットして編集して……」

仲間たちは翼のファイトを動画サイトにアップして、小遣い稼ぎをしているらしい。

だが翼にとって格闘技は単なる趣味で、金儲《かねもう》けのためではない。

夢中になっている仲間たちを横目に、翼は充電していた自分のスマホを取った。

「あ……嫁が。そろそろ」

メールがきたらしく、細野がスマホを見て言った。

「ああ」

料理を全部たいらげ、二杯目のビールもほとんどなくなって、ちょうど引き揚げる潮時だった。

「愛子さん、お愛想」山本が声をかける。

「今日はいいよ」

言いながら、愛子が厨房《ちゅうぼう》から出てきた。

「いや、払うよ」

山本がポケットから金を出すと、細野が慌てて止めた。

「あ、大丈夫ですよ」

「いいよ。ここは俺に払わせろよ」

刑務作業で来る日も来る日も椅子やタンスを作り、外に比べれば格段に安いが作業報奨金が支給される。家族もなく、日用品くらいにしか金を使うことのなかった山本は、十四年間でいくばくかの金が貯まっていた。

「いや、大丈夫です」

細野は頑《かたく》なに固辞する。それを出所したばかりの兄貴分に対する遠慮だと、山本は思っていた。

「いいって。いくら？」

愛子に訊《き》く。

「んー五千円？」

「いや、勘弁してください」

山本が金を渡すより先に、細野が愛子の手に千円札を五枚、握らせた。

「いいから。おいおい」

押し合いになり、細野は山本の手を強引に押し戻した。

「……はあ？」

さすがに山本も違和感を覚えた。

「失礼します」

細野が慌ただしく出口へ向かう。

「おい！」

山本が声をかけると、細野は扉の手前で立ち止まった。

「細野、おまえ、どうしたんだよ。……おかしいだろ」

「……兄貴とつき合えば、俺だって反社反社って言われちゃうんです。もう一緒にいた頃とは、状況違うんですよ」

細野は体をふたつ折りにして頭を下げ、

「お世話になりました、すみません」

小声で言うと、逃げるように店を出ていった。

カウベルがチリンチリン……と鳴る。

反社——反社会的勢力。その言葉は、どれほどの力で細野を痛めつけたのか。山本が想像するよりも、はるかに酷《ひど》い目に遭ってきたのだろうか。

暴排条例のせいで、中村は五年前に離婚したと聞いた。あれほど愛妻家で、ひとり娘を目に入れても痛くないほど可愛がっていたのに……。

力なく振り返ると、愛子が心配そうに見守っていた。

「いやぁ、あいつ、どうしたんだろうな」

苦笑いしながら腰を下ろす。

愛子は山本の背中を優しく叩《たた》いて、レジに歩いていった。

ジョッキに残っていた生ぬるいビールを飲んでいると、店の前に高級車が停まった。

店の扉が開き、誰かが入ってくる。

「ケン兄？」

聞き慣れないその声に、山本は顔を上げた。

「ケン兄だ！」

赤いダウンジャケットを着た金髪の背の高い若者が、満面の笑みで近づいてくる。

「ほら、俺です。翼です」

山本はまじまじと若者を見た。

「……翼か⁉」

「はい！」

にっこり笑う。その笑顔には、昔の面影があった。

翼に誘われて、夜の繁華街を歩く。

昔、細野と大原を両翼に従えて歩いた街だ。代わりに翼の舎弟……というのか、不良がふたり、後ろをついてくる。

十四年前と同じ看板は、ほとんど見かけない。新しいビルが立ち並び、外国人や観光客でにぎわってる。

「お疲れ様です！」

道端でたむろしていたチンピラ風の男たちが、翼に挨拶《あいさつ》する。

「おー、お疲れー。しっかり稼いでる？」

「はい！」

いったい翼は、この街でどういうポジションなのか。山本は戸惑いながらも、翼と並んで歩いた。半グレという、暴力団に属さないで反社会的な行動をする集団のリーダーだということは、あとで知った。

「この街、だいぶ変わったでしょう」

「……ああ」

「こっちです」

翼に促されて、角を曲がる。柴咲組が後ろについていた、『セラヴィー』があった場所だ。店の看板は外され、ドアに貸店舗のプレートがかかっていた。

「いやー……何年か前からヤクザが表立って仕事できなくなって、俺たちが代わりに店、仕切ってるんですよ」

そこも、と翼がガールズバーを指さす。

すると、店の中から怒号が聞こえてきた。揉《も》め事が起きているらしい。翼が早足になって店に入っていく。

「責任者呼べよ、責任者！　こんな金額、払えるわけねーだろ！」

店内で、四十がらみのサラリーマンが店長に食ってかかっていた。

「ぼったくりやがって、この野郎！」

罵《ば》声《せい》を浴びせ、カウンター席に戻っていく。

ずいぶんと威勢がいい。だが、そう酔っているわけではなさそうだ。会社で嫌なことでもあったのか、女の子と楽しく飲んだりしゃべったりしたはいいが、会計の段階で金が足りないことに気づき逆ギレした――おおかた、そんなところだろう。

「翼さん」

店長が翼に気づいて、目で助けを求めてくる。

「おっけー」

翼はカウンターにつかつかと歩いていき、女の子に当たり散らしている男の隣りに座った。

「おう、おっさん」

「あ？」

「会計がなんだって？　払えないからってゴネてんの？　もうーダサすぎでしょ、払えよ」

軽い調子で言い、肩に手を置く。

「はあ？　なんだおまえ」

男が翼の手を振り払った。若い兄《あん》ちゃんだと見くびっているのだろう。

「いいよ。警察行こう警察」

言いながら、バッグを持って立ち上がる。翼は半笑いになった。店でゴネる客は、大半がこの男と同じセリフを吐く。

――いちゃもんつける前に少しは勉強しろっつーの。

「全然いいけど、あんた、馬鹿だね」

表情を切り替えて鋭く言い放つ。

「こんな民事に警察が入ってくるわけねーだろ。っつーか裁判になったら百パーあんた負けるけど、それでもいいなら行こうよ」

金髪の不良に理路整然と詰め寄られ、男がたじろいだ。

……勝負あり。慣れない虚勢を張ったところで、しょせん小心者に勝ち目はない。

翼は勘定書きを両手で捧《ささ》げ持ち、「はい、ありがとうございました」と軽く会釈すると、それを男の前のカウンターに置いた。

「じゃあ、コンビニのＡＴＭ行きますか」

子分ふたりが、案内でもするようにサラリーマンを連れ去っていく。

山本を振り返った翼が、ニコッとした。

「なんか、すいません」

「ああ……」

山本は翼の対応に舌を巻いた。場数を踏んでいなければ、ああも毅《き》然《ぜん》とした態度はとれない。

どうぞ、と翼に促されてテーブルに着く。

「……いやあ、驚いたよ、あの翼が」

最後に見たときは、まだランドセルを背負った小学生だったのだ。

「俺、ケン兄のことすごい尊敬してたんすよ。大原さんの仇《かたき》とって懲役行って、かっけーっつーか」

山本は返事に詰まった。かっこいい、などと言われるような美談なんかじゃない。

「……いや、昔の話だ」

「あ、そうだ、うちの親父、柴咲組のヤクザだったって知ってました？　木村一」

「ああ、なんとなくな」

店の女の子が、グラスのビールを運んできた。

「おふくろ、ずっと隠してて。いやいや言えよっていう！　しかも抗争で殺されたって、いやそれも言えよって！　ねえ」

翼は二十歳になったときに、初めて愛子からそのことを聞いたという。

「翼のこと考えたからだろ」

「そーなんすかね」

グラスを合わせて乾杯する。翼と酒を飲むなど、嬉《うれ》しいような気恥ずかしいような、なんとも複雑な気持ちだ。

「いろいろ変わりました？」

翼が真顔で訊《き》いてきた。

「……ああ」

少し苦い笑みが浮かんだ。

「やっぱそうっすよねー。今じゃ、義理とか人情じゃ飯食えなくなって、めっちゃ気の毒だなって思ってます」

柴咲や竹田たちの顔がよぎり、山本は黙ってビールを呷《あお》った。

「そうだ。中村さんの仕事手伝ってるのも、ケン兄のこと好きだったからってのがでかいんですからね！」

翼が意味ありげに笑う。

「……兄貴がなんだよ」

「聞いて、ないんすか？」と意外そうに目を見開く。

「ああ？」

「俺、けっこう汚れ仕事させられてるんですからね。まあ、しょうがないって思ってやってますけど」

苦笑交じりに言う翼を、山本は語気を強めて問い詰めた。

「翼、仕事ってなんだ」

鋭い視線を向けられた翼の顔から、笑みが消えた。

「えー、今月の売り上げが百三十万、支出が二十五万。今月も厳しいシノギが続いておりますが、組一丸となって乗り切っていきましょう」

中村が言った。

どの暴力団も組を維持するために、事務所や組長の家に集まって、組員から各自の格付けに見合った金銭を徴収する。人数の少なくなった柴咲組でも、この寄り合いと呼ばれる毎月の定例会を続けていた。

「あと、親父が明日《あした》から入院しますので、ひとり一万の出物《デモノ》をとります」

中村が封筒に自ら一万円札を入れて、松田に渡す。

「いただきます」

徴収係の松田が豊島と竹田からそれぞれ一万円を受け取り、封筒に収めた。

山本は祝儀袋から無造作に札を抜き出し、そのまま松田に差し出した。手をつけずに取ってあった、柴咲からの出所祝いだ。

中村は、そんな山本をじっと見つめた。

「……いただきます」

ピン札の十万円が、山本の手から松田の手に渡る。

全員の金の入った封筒を中村が受け取り、スーツの内ポケットにしまった。

「じゃあ、お疲れ様でした」

立ち上がって行こうとした中村を、「兄貴」と山本が呼び止めた。

「ちょっといいっすか」

ソファを立って、中村に近づいていく。

「……おう、なんだ」

「兄貴のシノギ、同行させてもらえないっすかね」

有無を言わせぬ山本の視線を、中村は黙って受け止めた。


深夜、廃工場の裏手の空き地で待っていると、黒いミニバンが入ってきた。

山本たちが乗っている車に横づけし、助手席から降りた若い男が、運転席の窓から顔を覗《のぞ》かせる。

「お疲れ様です」

分厚い封筒を中村に渡す。キャップを目深にかぶった中村は封筒の中身をすばやくチェックし、男に茶色の紙袋を渡した。

男も紙袋の中を確認する。白い粉の入ったビニール袋がちらりと見えた。

「ありがとうございます」

軽く一礼して車に戻り、男たちはすぐに去っていった。

あれが、翼の友人の半グレたちらしい。翼の周囲には特殊詐欺をしている輩《やから》も多くいるが、翼は人を騙《だま》す仕事はしたくないと言う。覚せい剤の密売も、仕方なく手伝っている様子だった。衰退した柴咲組を見かねてのことだろう。

中村がタバコをくわえ、ゆっくり一服する。

「……いつからですか？」

取り引きの現場をこの目で見るまで、山本は信じていなかった。よりにもよって柴咲を信奉する中村が、覚せい剤に手を出すとは……。

「五年前か。店が全部摘発されてからだな」

淡々と答える。

「親父はこのこと、知ってるんですか？」

中村は答えず、くわえタバコで車を発車させた。Rレンジにシフトして、車をバックさせる。

「……いやおかしいだろ」

怒りでぐらぐらした。中村を信頼していた。中村がそばにいれば、少なくとも親父だけは大丈夫だ。そう信じていたからこそ、ムショでの生活も耐えられた。

「あんた昔、言ったよな。漢《おとこ》を磨くのが極道だって！　なのにシャブ売って密漁して、そんなんが極道なわけねーだろうがよ！」

　急ブレーキで車が停まった。中村がドアを開けて外に飛び出す。

「うるっせえええええ！」

　吸いさしのタバコを地面に投げつけた。

「じゃあどうすんのがよかったんだよ!?　ああ!?」

　怒鳴りながら助手席に回ってドアを開け、山本を引きずり出す。

「シマは獲《と》られちまったし、みんな辞めてくしよぉ、親父はあんなだしよ！」

　中村が思いきり山本を殴った。

「なんも知らねえで懲役行ってたおめえが説教たれてんじゃねーぞ！」

　また山本を殴りつける。

　山本は血の混じった唾《つば》をペッと吐き捨てた。……なんも知らねえで懲役行ってただと？

「んだとコラ！」

　山本も中村を殴り返す。完全に頭に血が上っていた。

「誰のぶんまで背負って懲役行ってきたと思ってんだ！」

倒れた中村につかみかかっていく。組んず解《ほぐ》れつの取っ組み合いになった。

「おめえが勝手に行ったんだろうがこらぁ！　いいとこばっか取りやがって」

「おめえに組、任せたろうがぁ！」

こうなると泥仕合だ。山本が力まかせに中村を突き飛ばした。全身で息をする。若い頃なら、こんな無様な喧嘩《けんか》はしなかった。

地面に横たわった中村も、もう戦う気力はないようだった。

「…………すまん」

ぼそりと中村が言った。

「……いや……俺も、すいませんでした……」

中村がゆっくり起き上がる。

「……綺麗《きれい》ごとじゃ、飯食えねえんだよ」

塀の中で、たいがいの屈辱を味わった。人の尊厳を奪われた。

だが、塀の中と外と、どっちが無力で惨めだったろう。中村の言うとおり、なにも知らないでいた自分のほうが、眠れない夜は少なかったかもしれない。

涙を堪《こら》えている中村に、山本はもうなにも言うことができなかった。

中村が帽子を拾って立ち上がる。

「兄貴……兄貴はシャブ、やってないっすよね？」

「そこまで堕《お》ちてねぇよ馬鹿野郎」

帽子で山本の頭をはたき、車に戻っていく。

――よかった。兄貴まで、俺の父親のようなクズになってほしくない。

山本は荒い息をしながら、天を仰いだ。


柴咲が不在の組事務所は、気の抜けた空気が漂っていた。

ソファでは、赤ペンを手にした豊島が、競馬新聞を開いて熱心に検討している。

組員の中では、暴力団員という名称がいちばん似合わない。本人は常日頃から、自分は強きを挫《くじ》き弱きを助ける侠客《きょうかく》だと主張している。賭場《とば》の胴元をやっていたころに柴咲と知り合ったそうで、賭場以外のシノギはからっきしだ。

独身の豊島と違い、竹田には妻と息子ふたり、娘がひとりいたそうだが、木村一が死んだ侠葉会との抗争以降、家族のために離婚したと聞く。

血の気の多い竹田は少年院にも何度か出入りし、なるべくして極道になったらしいが、いま茶を飲みながらくつろいでいる姿は、荒っぽいが気のいいおっちゃん、というふうだ。

しかしいずれも、この世界でしか生きていけない者たちだった。

山本がタバコを吸いながらぼんやりしていると、携帯が鳴った。

細野からだ。もしや、由香の消息についてなにかわかったのだろうか。見つかってほしいような、ほしくないような――そんなどっちつかずの気持ちで電話に出る。

「……もしもし」

「兄貴、由香って女、見つかりましたよ」

心臓がどくんと高鳴った。由香は、煙崎市役所の介護保険課で働いているという。

居場所がわかると居ても立ってもいられなくなって、山本は組の車を借りて市役所にやってきた。

刑務所に入っても、免許を取り上げられることはない。受刑者の社会復帰に必要だからだ。刑務所の中で更新もできる。だが次の更新まで、山本の免許証の表面の住所欄は、刑務所の住所のままだ。

建物に入ると、窓口担当だったおかげで苦もなく由香を見つけることができた。

遠目にその姿を見つめる。

少し長くなった髪を後ろでひとつにまとめ、白いブラウスに薄い水色のカーディガンを着て、保険の申請に来たらしい老人に、丁寧に手続きのやり方を教えている。

当たり前だが、出会った頃より年を取った。山本より三つ年下だから、三十六になるはずだ。ほとんど化粧をしていないせいか、少し疲れているように見える。だが、てきぱきした仕事ぶりや、老人に向ける優しい眼差《まなざ》しは昔のままだ。姿を見れば、話したくなる。

突然現われたら嫌な顔をされるだろうか。殺人罪でムショに入っていた男の顔など、見たくもないかもしれない。

けれどたった一度愛し合った記憶が、どうしても消せなかった。

山本は、市役所の裏側にある職員通用口が見える場所で由香を待った。

終業時間を過ぎ、職員たちがぞろぞろ建物から吐き出されてくる。やがて、ダウンベストを着た由香が急ぎ足で出てきた。

山本が近づいていくと、由香はハッとして立ち止まった。

驚きと困惑の表情の中に、懐かしさや、好意のようなもの——を探そうとしたけれど、由香は強《こわ》ばった顔のまま、山本を凝視していた。

海までドライブしたあの日は夜明けだったが、今日はもう薄暮の時間だ。防波堤に少し距離を取って並び、残照の海を眺める。

渋い柿色の空の帯と薄紫にたなびく雲が層になり、その上空にはもう細い弓形の月が昇っていた。

お互い話の糸口を見いだせなくて、沈黙が続いた。

「……老けたね。山本さん」

やっと、由香が口を開いた——と思ったら、そう来たか。

「由香もな」

またへそを曲げるかも。あのときは車から飛び降りようとしたが、今度は海に飛び込むかもしれない。

「そりゃそうだよ。十……四年だもん」

由香はしかし、穏やかに返してきた。

——そりゃそうだ。由香ももう、分別のない小娘じゃない。

「役所仕事なんて、ずいぶん出世したな」

ヤクザからしたら、堅気中の堅気の仕事だ。

「そもそも真面目だったからね」

「よく言うよ」

だが由香のアパートの机の上に、難しそうな問題集と几帳面《きちょうめん》な字で書かれたノートが広げてあったことを思い出す。

時間はかかっても、由香はきっと自分の目指す場所に進んできたのだろう。

「……なんだ、あれか。いい男でも見つかったか？」

さりげなく訊《き》こうとしたが、少し声が上ずった。

「……ううん」

間を置いて、返事が返ってくる。

「そうか」

ホッとしている自分を内心で嘲笑《あざわら》う。男がいないからと言って、由香が山本を受け入れてくれるとは限らない。

また沈黙が下りた。海は無表情になり、お互いの顔の輪郭が徐々にぼやけてくる。

「山本さん、まだヤクザをやってるの？」

「……どうなんだろうな」

「なにそれ」

「久しぶりに帰ってきたら、なにもかも変わっちまってた。街も……人も」

由香が目を凝らすように、山本の横顔をじっと見つめる。

「当たり前だよ。……全部変わっちゃった」

おまえはどうなんだ——訊きたかったけれど、口に出せなかった。

川沿いの市営団地まで、車で由香を送ってきた。

すぐ近くに工場があり、夜も休みなく煙を吐き出している。職員住宅だと言うから家賃は安いのだろうが、あまりよい環境とは言えない。

車で待っていると、由香が人目を気にしながら小走りに戻ってきた。

「お待たせ。ごめん、これ渡したくて」

「なんだよ？」

分厚い封筒だ。車内灯をつけ、中を見てみる。

「それ使ってないから」

山本が由香の部屋に置いていった三百万だ。あのときの血がついたまま、帯封さえ解いていない。

「いらねえよ」

灯《あか》りを消し、由香に封筒を戻す。だが由香は受け取らない。

「山本さん……もう会わないほうがいいと思う」

「おまえまでそんなこと言うのか」

塀の中で誰の顔をいちばん思い浮かべたかと言えば、それは由香だった。一緒に過ごした時間は短かったけれど、その一瞬一瞬を、星砂でも探すように大事に取り出しては矯《た》めつ眇《すが》めつした。十四年間、繰り返し繰り返し……。

「……ごめん」

責めたわけじゃない。ほんの少し、傷ついただけだ。

「なあ由香……俺んとこ来ないか」

山本は思いきって言った。

「……それはできない」

「おまえひとりくらいだったら、なんとか養っていくから」

由香は口ごもり、なにか言いたそうにしている。

「なんだよ」

「ごめん」

目を逸《そ》らして言うと、由香は踵《きびす》を返した。

「由香！」

山本が車を降りて追いかける。

「おまえ今、なんか言おうとしたろ、言えよ！」

由香の前に回り込んで、道を塞《ふさ》いだ。

「……養える？」

「ああ」

「私たちのこと」

——私たち？　由香に家族はいないはずだ。

「なに言ってんだ？」

「……私と……娘」

山本は息を呑《の》んだ。由香に子供がいた——男はいなくても、その可能性を考えなかった自分の能天気さに呆《あき》れる。

「……それ……いくつだ？」

由香は、涙を溜《た》めた目で山本を見つめた。

「……十四」

喉《のど》が詰まって言葉が出なかった。まさか、あの夜の……？　避妊した記憶はない。

しかし、そんなことが……。

「おい、待てって！」

口をきけないでいると、由香が山本を避けて行こうとする。

由香の腕をつかんで引き留めた。

「……それって俺の」

「そんなわけないでしょ！」

思いきり山本の手を振り払い、うつむいて息を整える。

「……親がヤクザだなんて……あの子に絶対、言えない」

顔を上げ涙目で山本を睨《にら》みつけると、由香は背を向けて去っていった。

――だから、まだヤクザをやってるのかと訊いたのか？

由香の姿が見えなくなっても、山本は放心状態で立ち尽くしていた。

山本が暴力団組員を殺害して逮捕されたことを由香が知ったのは、翌日の昼間のニュースだった。

あのときの絶望は、とても口では言い表せない。

翌朝目覚めて山本がいなくなっていた時点で、もう会えないかもしれないという予感はあった。だが、まだ大学生の由香に、過酷な現実を受け止める覚悟はできていなかった。

混乱したまま時間が過ぎ、山本が事件を起こして三ヵ月後、大学卒業を目前に控えた由香は妊娠に気づいた。妊娠検査薬で二度試したから間違いない。

今度は恐慌状態に陥った。産むか堕《お》ろすかで、今後の人生は百八十度変わってしまう。

山本が血だらけでアパートに現われたとき、頭の中で点滅する警告灯をなぜ無視してしまったのか……自業自得だった。

面会に行って、山本に話すべきだろうか。収監先は、夏美に訊けばわかるだろう。調べると、受刑者と面会できるのは親族など限られていたが、婚姻の届出をしていなくても、事実上婚姻関係と同様の事情にあると認められれば面会できると書いてある。彼の子を身ごもっているという事情以上のものはあるまい。

中絶手術が受けられるのは妊娠二十二週未満だ。もともと生理不順で妊娠に気づいたのが遅かったため、迷っているうちにどんどん日にちが過ぎてしまう。つわりがひどくなり、由香は初めて産婦人科を受診して、エコー検査で赤ちゃんを見た。

心臓が動いていた。体の形もでき、紅葉のような手を開いたり握ったりしている。その瞬間、迷いはきれいさっぱり吹き飛んだ。

「ただいま」

玄関を開けると、娘の彩《あや》が台所に立っていた。

「おかえりー。忘れ物、渡せた？」

「うん。あ、いい匂い」

なにもなかったような顔でフライパンを覗《のぞ》き込む。帰宅の遅くなった由香の代わりに、彩が夕飯にチキンライスを作ってくれていた。

「おいしそー！」

「でしょ」

由香は誰にも相談せず、ひとりで子供を産むことに決めた。由香の母親も、中一まで由香を女手ひとつで育ててくれたのだ。

話せば、夏美はきっと助けてくれただろうと思う。でもそれまでずっと自分の力で生きてきて、由香は人に頼ることを知らなかった。それに、ヤクザとの繋《つな》がりを一切断ちたかった気持ちもある。

彩は非嫡出子として生まれ、出生届も戸籍も父親の欄は空欄だ。

もちろん苦労はした。けれど昔ほどシングルマザーに対して世間の目は冷たくなかったし、手当や支援制度を利用して、なんとかここまでやってこられた。

おかげで彩は、由香にはもったいないほどいい子に育ってくれた。学校の成績はそこそこだが、大きな病気もせず、男女問わず友達がたくさんいる人気者だ。

「ママ、冷蔵庫からサラダとお茶出して」

「オッケー」

贅沢《ぜいたく》はさせてやれないけれど、たまに温泉旅行したり、テレビドラマのイケメン俳優にキャーキャー騒いだり、時には口喧嘩《くちげんか》したりしながら、母娘《おやこ》ふたりで楽しく暮らしている。

そんな中でも、心のどこかに、山本に会いたい気持ちはあった。否定はしない。山本が帰ってきて、いつか家族三人で暮らせたら——そんな夢を描いたこともある。

けれどそれは、山本が足を洗っていればの話だ。

彩という名前は、自分や山本と違い、彩りある人生を送ってほしいという願いを込めて名付けた。そんな彩の存在が、今の由香の人生のすべてだ。

娘を不幸にすることだけは、絶対にできない。


柴咲の入院先は、かつて山本が運び込まれたのと同じ病院だった。

「聞いたよ……中村のこと」

ただし柴咲の病室は個室で、その土気色の顔を見ると、もう山本のようにベッドを抜け出せる状態ではないようだった。見舞いに持ってきた果物も、食べられるかどうか……。

「勘弁してやってくれな。あいつ、くそ真面目だから」

「はい」

許すもなにも、山本に中村を責める権利はない。

「いちばん、みっともねえのは、俺だよなぁ」

嗄《しわが》れ声で、ゆっくりと柴咲が話す。

「解散しようと思ったんだ、柴咲組を。がんが転移したって、わかったときに」

驚いた。柴咲にとって、組は家族そのものではなかったか。病気は、それほど人を弱らせるのだろうか。

「でもなぁ……ヤクザしか、生きる道がなかった連中……どこがあいつら、拾ってくれるよ？」

「……はい」

うっかり泣いてしまいそうだった。不起の病にあっても、柴咲は中村や竹田や、豊島の心配ばかりしている。こんな親父が、どこの世界にいるだろう。

「そう思って、やってきたけど……けっきょく、義理も人情も……金には勝てないってことだなぁ」

そう言って、切なそうに山本を見る。

「いや、そんなことは……」

「ケン坊」

「はい」

なにか思い詰めているかのように、少しの間、柴咲は口を閉ざして天井を見つめていた。

「……おまえ、組抜けろ」

このときばかりは以前と同じ、どっしりした低い声だった。

「おまえはまだ、やり直せる」

柴咲が山本に視線を据える。

その慈愛しかない眼差《まなざ》しを受け止めきれず、山本は上を向いた。

そうしなければ、涙がこぼれてしまいそうだった。


細野は仕事と家庭を持って、幸せに暮らしている。もともと子供好きだったから、きっと休みの日は娘と遊んでやる、いいパパになっているだろう。

竹田と豊島は、遠くに偵察艇の灯《あか》りが見えるたび身を隠しながら、今夜も密漁しているのだろうか。それでも、必死で生き延びようとしている。

ヤクザの真似事をしているような部屋住みの松田は、なんの動きもない監視カメラの映像を、あくび交じりにぼんやり眺めるだけの毎日だ。

大黒柱を失った柴咲組はもう瓦解《がかい》していくしかないと、山本にもわかっている。

山本が除籍を申し出たら中村がどれほど落胆するか、それもわかっている。だが、
自分がどんなに頑張ったとしても、ヤクザが生きることを時代は許さない。

ただ山本はひとつだけ、すでに中村が覚せい剤に首まで浸《つ》かっていることを知らなかった。

柴咲の言うとおり、もしもまだやり直せるなら。人並みの幸せを求めることが許されるのなら、一度だけ、チャンスをもらえるだろうか。

柴咲の名で山本の除籍通知が暴力団関係者に送付された翌日の朝、山本は市営団地の前で、そのチャンスを待っていた。

小一時間が過ぎた頃、由香が玄関を出てきた。この間と同じように、後ろで髪を束ねてダウンベストを着ている。

扉を押さえて、「早くしなさいよ」と家の中に声をかけると、リュックを背負った制服姿の女の子が、スニーカーのかかとに指を入れながら跳ねるように出てきた。うう～んと眠そうな、不服そうな声。

あの子が——由香よりも背が高い。肩までの髪に、大きな二重まぶたの目。まだあどけないが、由香にそっくりだ。

「毎日毎日もう……遅刻したらどうすんの」

ぶつぶつ言いながら外階段を下りてきた由香が、ハッとして足を止めた。

母親が知らないおじさんと見つめ合っているので、彩は怪訝《けげん》そうにしている。

由香は迷うように目を逸《そ》らした。

だが迷っている時点で、答えは出ていた。

大迫が上昇志向の強い男だと、加藤は早い段階で見抜いていた。

初めは大迫も、世のため人のためなどという青くさい理由で刑事になったのかもしれないが、生涯お目にかかれないような量の現ナマを目の前でちらつかされると、人間は簡単に転ぶ。

手を組む者にとことん甘い汁を吸わせるのが、加藤のやり方だ。

あの時機を逃さず大迫を籠絡《ろうらく》し、市長を抱き込んで再開発の利権を手にしたのは、我ながら上出来だった。川山を犠牲にはしたが、そのおかげで柴咲組の勢力は大幅に減退した。川山も本望だろう。

幼少期に親から放置され、体の小さかった加藤は、この世はすべて力だというルールをチンピラだった叔父《おじ》に叩《たた》き込まれて育った。

力がない者は、淘汰《とうた》されても仕方がない。弱者にこそ徹底的に暴力を振るい、容赦なく攻撃する。中学の頃には、地域で逆らう者はいなくなっていた。

高校を中退して愚連隊に入った加藤はすぐ幹部になり、自然の成り行きで極道の世界に足を踏み入れた。

ある暴力団組長のボディーガードになったのは、二十六のときだ。

常に命の危険にさらされるストレスがピークに達しようとした寸前、転機が訪れる。

同門の侠葉会の若頭だった、木原という男に取り入ることに成功したのだ。

木原の下で若中になったあとは持ち前の知恵と非情さでのし上がり、侠葉会の組長にまで登り詰めた。

そんな加藤が変わったのは、孫ができてからだ。抗争で命を削るなど馬鹿馬鹿しい。頭と人を使えば、いくらでも金儲《かねもう》けできる。

「親父、来ました」

広々とした庭で孫をブランコに乗せてやっていると、組員が加藤を呼んだ。

まだ遊んでとせがむ孫に目《め》尻《じり》を下げ、後ろ髪を引かれつつ家に向かう。

「おお、おまえが木村翼か」

モダンなリビングで、地元で有名な半グレを出迎えた。

「侠葉会の加藤だ。まあ座れや」

「うーっす」

子分をふたり連れた、金髪の生意気そうな若造だ。暴力団の組長の家だというのに、まるで友達の家にでも遊びにきたようにリラックスしている。

「ずいぶん羽振りいいんだって、ええ？」

「いや全然、まだまだっすね」

「おい、カメラ止めろ」

加藤付きの組員が、スマホで動画撮影している翼の子分を睨みつけた。だが止めるどころか、その組員に向けて撮影を続けている。

色をなす組員に、「いいよ」と加藤は笑いながら言った。

「今の若い奴らはなんでも撮るんだよ、ユーチューバーだよ、なぁ」

木村翼は、薄く笑った。

「いや、別にそういうわけじゃないっすけど。まあ一応」

「……へーえ」

こっちもこいつらと世間話するほど暇じゃない。加藤はコーヒーをひと口飲んで、本題に入った。

「柴咲組の連中とつるんでるんだって？　よしたほうがいいなぁ、あいつらもう終わりだ」

加熱式タバコをくわえる。孫のために少しでも長生きしようと、去年からニコチンを断ったのだ。

「うちで拾ってやるから。なぁ、そのほうが安心だろ」

「謎に上から」

小馬鹿にしたような口調に、加藤の眉《まゆ》がぴくりとする。

「……あ？」

「あ、すんません。いや、大丈夫です。僕らでできてるんで。困ったら連絡させてください」

連絡する気など毛頭ない、という馬鹿にしくさった口調だ。

「おい、小僧。おめえ誰に物言ってるかわかってんだろうなぁ、ああ？」

がらりと声音が変わる。

「カメラ止めろこの野郎!!」

「あの、加藤さん」

ドスの利いた怒鳴り声を、翼が食い気味に遮った。

「俺たち、ヤクザじゃないんで。そういう体育会系ノリ、通用しないっすよ」

ふざけやがって——加藤が身を乗り出して睨《にら》みつける。

「こらガキ、外道、チンピラ。あんまり大人を舐《な》めるんじゃないよ」

たいがいはここらでビビって大人しくなるのだが、翼は違った。薄く顔に張り付けていた笑いを消し、挑むように見返してくる。

「もう、おまえらの時代じゃねえってことだよオッサン」

そしてまた笑顔になり、じゃ、と立ち上がって帰っていく。

……青二才が。組員の前でコケにされた加藤は怒りで震えた。

「木村の目ぇそっくりだな！」

翼の足がピタッと止まる。

人の弱みを、加藤は直感で嗅《か》ぎ分けた。そこにつけ込み相手を揺さぶる。加藤のもっとも得意とするところだ。

「父親と同じ目に遭わないといいなぁ」

振り返った翼に、匂わせるように言う。

「……どういうことだよ」

「親心だよ」

「……はぁ？」

翼の目が、かつてないほど剣呑《けんのん》な光を宿した。

トーストにサラダ、温かいポトフ。明るい陽光の射し込む食卓に、由香が作った朝食が並ぶ。

隣りの和室には、柴咲にもらった黒いカシミヤのコートが、まだ少しお客様然としてかかっている。

椅子に座って、湯気の立つコーヒーを飲む。刑務所にいる間、酒やタバコはなくても意外に平気だったが、コーヒーを飲めないのがいちばんつらかった。

由香が毎朝淹《い》れてくれるコーヒーの味は、また格別だ。

「ほら、彩ー！　早くしないと遅刻するよー」

スープをよそいながら、台所から由香が大声で呼ぶ。これも毎朝のことだ。

「……はーい」

制服に着替えた彩が、目をこすりながら部屋から出てきた。

「眠い……」

彩は朝が弱い。まだまぶたが半分閉じている。シャキンとするまで、あと十分はかかりそうだ。

「おはよ」

そんな彩が可愛くて、山本の表情が緩む。

「おはよ」

彩もにっこり微笑む。

思春期の女の子は嫌悪するのではないかと思ったが、ひと月前、突然現われて一緒に暮らすようになった山本を、彩は母親の恋人としてすんなり受け入れてくれた。

父親だということは、しばらく秘密にしてほしい。由香にそう言われた。折を見て、自分から彩に話すからと。山本に否はなかった。由香自身も気持ちを整理するのに時間がかかるだろうと、それくらいは想像できた。

由香が自分の分のスープを運んできて椅子に座り、手を合わせる。

「はい。いただきます」

「いただきます」

山本と彩も手を合わせて、みんなで朝食を食べはじめる。

由香は料理が上手《うま》い。このソーセージとざく切り野菜のポトフは、だいたい余り物で作るそうだ。安上がりで手早くできるうえに栄養満点で、家事に時間を割けない由香は、小さい彩によく作っていたらしい。

自分が食事を取る暇はなくても、彩にだけは三食きちんと食べさせてきた。だからあんなに大きくなっちゃったのよ——そう言って由香は笑うが、十四年間、どんなに大変だったろう。

恨み言のひとつでも言ってくれれば少しは気が楽になるのに、自分で決めたことだからと、由香は山本に彩の話しかしない。

スープを飲む。由香の愛情そのものの素朴な味わいが胃に染み渡った。

「……おいしい」

山本が言うと、由香が嬉《うれ》しそうに笑う。

彩も大きなひと口を頬張った。

「うん、おいしいね」

レースのカーテン越しに、由香の干した洗濯物がベランダではためいているのが見える。陽射しを浴びて、暖かそうだ。

初冬の今日のような天気を、小春日和というのだと本で読んだ。

どこかへ旅行に行くでもないし、高級レストランで食事をするわけでもない。仕事帰りに由香とスーパーで買い物したり、夜は彩とゲームしたり、休みの日は借りてきた映画を三人で観る。当たり前の言葉を交わし、一緒にご飯を食べて、微笑み合う。ただそれだけの日常がこんなにも幸せなものだと、由香と彩が山本に教えてくれた。

山本が洗い物を担当し、その間に身支度を済ませた由香と彩を車の後部座席に乗せ、山本がハンドルを握る。

由香の車は、彩のリクエストで明るい空色にしたという中古のファミリーカーだ。ふたりを職場と学校にそれぞれ送り届けるまでの朝のちょっとしたドライブも、山本の楽しみのひとつになっている。

まず市役所で由香を降ろす。

「いってきまーす」

彩が窓を開け、「バイバイ」と由香に手を振って見送る。

市役所から学校まで、車で約十分。最初は、彩とふたりきりの時間が気まずかった。だいたいシャバに出てきたばかりで、世の中の流行をなにひとつ知らない。しかも中学生の女の子を相手になにを話せばいいのか、さっぱり見当がつかなかった。

だが由香に似て、いやそれ以上に物怖《ものお》じしない性格の彩は、すぐに自分からいろいろしゃべりかけてくるようになった。

「ねえ、山本さん」

「ん？」

「山本さんってさ、ママのどこが好きになったの？」

思わず苦笑いした。

「なんだ急に」

「だってさ、おばさんだよ？中学生の子供もいるし」

「まあ、たしかにそうだよなあ」

由香に聞かれたら、カンカンになって怒りだしそうだ。

「でもな、昔はもっと綺麗《きれい》だったんだよ」

「へー」

本当は、今も綺麗だと思っている。照れくさくて、口には出さないだけで。

「……昔ってことはさ、彩のお父さんに会ったことあんの？」

不意打ちの質問に、山本は一瞬、返事に詰まった。

「いや……会ったことはないな」

「……そっか」

ちょっと残念そうに、彩は笑った。

「でも山本さん、最近ママ、楽しそうだよ。よく笑うようになったし」

「ええ？」

彩から言われると、なんだかこそばゆい。

「私もさぁ、もうけっこういい大人だし、気にしなくていいからね。たまにお小遣いくれるだけでいいから」

冗談めかして、そんなことを言う。

山本は笑ってうなずいた。彩といると、山本は顔が緩んでばかりいる。

「いってきます！」

「頑張ってな」

毎朝、山本は車を停めて彩を見送った。

彩はいつも友達に囲まれて、明るく笑っている。その姿を見るだけで、一日が張り合いのあるものになる。

彩が振り返って、山本に手を振った。山本も微笑んで手を振る。

暮らしはじめて間もない頃、由香が彩のアルバムを見せてくれた。

柔らかそうなほっぺたの赤ん坊。まだおむつをはいた、よちよち歩きの彩。ランドセルを背負い、はにかんでいる小学校の入学式。運動会のかけっこで転んでビリになり、涙を我慢している負けず嫌いの顔……。

どうにもならなかったとわかっていても、彩の成長を由香と一緒にそばで見守っていたかったと思う。

彩は今、バスケ部のエースでキャプテンだという。山本も中学時代、バスケが得意だった。由香に似てよかったと思いながら、人に言ったら笑われそうな、そんなわずかな共通点が嬉しくてたまらない。

一秒でも長く見ていたくて、彩の姿が完全に校舎の中に消えてからやっと、山本はエンジンをかけた。

ハンドルを握って車を出す。ずっと一緒に暮らしていたら、細野に負けない親バカになっていたかもしれないな、などと思いながら。

細野の紹介で、山本は産業廃棄物処理場で働きはじめた。

きつい肉体労働だが、仕事にありつけただけでもありがたかった。

「へー。じゃあ普通は五年も働けないんですか？　死ぬじゃないっすか？」

神谷《かみや》は細野が可愛がっている後輩で、二十八歳の、いかにも平成生まれという感じの若者だ。ヒマさえあればスマホをいじっていて、今もラーメンをすすりながら、片手で器用に文章を打ち込んでいる。

「ああ。今回は、まあ俺が社長に無理言って」

ねえ、と細野が山本に振る。

産廃処理場の近くにあるラーメン屋で、三人で昼飯を食べているところだ。

「初めておまえに感謝したよ」

「なんですかそれ」

そう言いながら、細野が山本のコップに水を注いでくれる。そんなことはしなくていいと何度も言っているのだが、長年の習慣はなかなか抜けないらしい。

ふたりのつき合いが二十五年近くにもなると聞いて、ほぼ俺の年齢じゃないですかと神谷は驚いている。

「やっぱ、今のヤクザって食えないんすか？」

山本が来るまで、神谷は細野が元ヤクザだったことを知らなかった。新入りの山本のことを細野が「兄貴」と呼ぶので、気になっていたという。

「いいんだよ、昔の話は」

細野は相手にしない。ヤクザだった過去は掘り起こされたくないのだ。

「えー、でもかっこいいじゃないっすか。漢《おとこ》って感じで」

「馬鹿にしてんだろ」

「してませんしてません！　すいません！」

神谷が慌てて謝る。

「いいやつなんですけどね」

苦笑する細野に、「ああ」と山本も微笑む。不良だった頃もヤクザだった頃も、ふたりがこんなに柔らかい表情で笑い合ったことはない。

「あ、そうだ」

神谷がふたりにスマホを向けた。

「はい、撮りますよ。こっちお願いします」

山本と細野の写真を撮ろうというらしい。

「いや、いいよ俺は」

山本が顔をしかめると、神谷はがっかりしたようだ。

「……まあいいじゃないっすか、就職記念に。ね」

細野が気を遣って、山本と肩を組む。神谷が嬉《うれ》しそうに、またふたりにスマホを向けた。

「これ、あとで送っておきます」

「見せろ」

細野が神谷のスマホを受け取り、山本にも画面を見せる。むさ苦しいおっさんたちが、照れくさそうに笑っていた。思えば、ふたりだけで写真を撮ったことなど今まで一度もない。

「送ってくれな、あとで」

細野が念押ししながらスマホを返す。

「はい」

神谷は口をもぐもぐさせながら、またスマホをいじりはじめた。

翼は急ぎ足でガールズバーに向かっていた。

店の前に野次馬の人垣ができている。ハザードランプを点滅させている黒っぽいミニバンは、覆面パトカーだろうか。

クリスマスツリーが飾られた店に入っていくと、何人もの捜査員がいた。サンタガールに扮《ふん》した女の子たちは、隅っこに固まって怯《おび》えている。

「とりあえず売り上げ表、全部見せて」

「待ってください、なんも出ないですよどうせ。バイトの子たち怖がってるでしょ」

店長が必死でブロックしようとしているが、捜査員たちは遠慮なしだ。

カウンターに座っていた刑事が、翼に警察手帳を掲げて見せた。

組織犯罪対策本部の大迫警部補だ。

「……あれぇ？　マル暴がなんの用？　営業妨害ですか？」

「おまえ、あんまり大人を怒らせないほうがいいぞ」

すぐにピンと来た。

「……はぁー、なるほど」

先日、翼に恥をかかされた報復を加藤に頼まれたというわけだ。

「いいっすよ、自由に調べてください」

翼はニコッと笑い、近くの椅子に座った。

「……ったく」

大迫は蔑《さげす》むように翼を一瞥《いちべつ》し、禁煙パイプをくわえた。

「あ、そうだ。刑事さん。俺の親父ってどんな人だったんですか？　木村一、知ってるでしょ。本名はたしか、キムホンジョン」

「ああ、柴咲のところの元頭か。どうしようもねえチンピラだったよ」

「親父殺したやつって、まだこの街にいるんすよね？」

スマホを操作しながら、なにげなく訊《き》く。

「さあな」

「偉くなったりしてるんすかねぇ、警察動かせるくらい」

翼が言外に込めた意味を、大迫はわかったはずだ。

「知らんよ。おまえも早くまともな仕事見つけねえと、親父みたいになるぞ」

——腹黒タヌキめ。

「誰に向かって説教垂れてんだよ大迫」

「え？」

翼の迫力に、大迫は思わず押された。

「ほら」

翼が自分のスマホの画面を見せる。

大迫は息を呑《の》んだ。いつも加藤との取り引きに使っている中華料理店で、大迫が侠葉会の若頭から金を受け取っている写真だ。

スマホを奪おうとした大迫の手を、翼がさっとかわす。

「あんたがこの街でしてきた外には言えないこと、ぜーんぶ俺たち握ってんだけど。これ、ネットに流してやろうか」

大迫と加藤の癒着くらい、翼はとっくにつかんでいた。

一度甘い汁を吸ったら、あと少し、もう一度だけ——覚せい剤と同じだ。翼は薬に手は出さないが、気づいたときには、もうこれ以上は危険だという感覚が麻痺《まひ》してしまっている。

「……クソガキが」

大迫が歯ぎしりする。

「教えてよ。親父のこと」

出自に関しては、どうでもいい。それよりも、どうやって父親が死んだのか、その経緯を知りたい。

なぜ、母親は朝から晩まで働き詰めに働かなければならなかったのか。なぜ、店を閉めたあと、家族の写真を見ながら声を殺して泣かなければならなかったのか。

父親の死に様を知れば、おのずとはっきりするだろう。

山本が実の父親だということを、そろそろ彩に話してもいいかもしれない。由香はそう思い始めていた。

やっぱり、もう少し様子を見ようか。でも山本と彩は本当の親子のように、いや本当の親子なのだけれど、けっこういい感じだ。

山本は彩が由香に似ていると言うが、たまに頑固になるところは父親似だと気づいていないのだろうか。ふたりとも寝相が悪いし、じつは爪の形なんか山本にそっくりだ。

いつ彼に教えてあげようか――山本の反応を想像して、由香はクスクス笑ってしまう。

最近ママ、テンション高くない？　彩にそう言われるまでもなく、自分でも舞い上がってるな、と思う。スープの味を褒められたくらいで、あんなに嬉しがるなんて。
でも山本が、由香と彩のためにヤクザをやめてくれた。厳しいと思っていた仕事に就くこともできた。いちばん心配だった彩も、すっかり山本に懐いている。

このまま親子三人、穏やかに暮らしていけたら――。もう叶《かな》わない夢ではないかもしれない。

その朝までは、安易にそう考えていた。

「……おはようございます」

出勤した由香が課に入っていったとたん、皆がぱたりと会話をやめた。

隣りの席の同僚に挨拶《あいさつ》しても、知らん顔で目を逸《そ》らされてしまう。由香を遠巻きに見て、コソコソ話をしている同僚たちもいる。

職場の空気がおかしい理由は、すぐに判明した。

「工藤さん。ちょっと」

「はい？」

課長に呼ばれ、会議室で渡されたのは、ツイッターの投稿をプリントアウトしたものだった。

『うちの職場にガチの元ヤクザがおるんだが、質問ある？』

この〈かみや。〉という人の投稿に、『写メ撮って』という返信があり、

『職場の新人。元ヤクザ。ガチのヤツ！！　意外と普通にいい人』

という返信への返信と一緒に、ラーメン屋で撮ったらしい山本と細野の写真が添付されていた。

最初の投稿は一三〇〇件以上の「いいね」と五五〇件のリツイート、写真は七五件リツイートされている。

実は由香もほかのSNSをこっそりやっているが、非公開でリツイート機能のない

ものだから、目にする人は限られている。しかしこの投稿は、鍵《かぎ》もかけていない。

果たしてどれだけの人に拡散されてしまったのか……思わずゾッとした。

「昨日、うちに問い合わせがあってね、この山本さんていう人は元暴力団員で、殺人事件を起こしたそうで」

ご丁寧にも、山本の名前から年齢から事件の詳細から刑期から、誰かがすべて調べ上げていた。

「ま、そこまではいいんですよ……」

人のいい課長は、言いづらそうにしている。

「でもその中に、気になる書き込みがあってね……」

震えそうになる手を必死で押さえながら、由香は紙をめくった。

『今のヤクザの生態系、情報求む！』

『あれ？　この男の奥さん、市役所で働いてるけど』

『極道の妻、気になる……。特定班、頼んだ!!　明日《あした》、役所にみんなで問い合わせするんだ！！！　極道の娘も捜し出せ！』

彩……！　怒りと不安でどうにかなりそうだ。

モラルもへったくれもない。最初に投稿をあげていた〈かみや。〉という人もそうだ。SNSは匿名であるがゆえに、自分のしていることがいかに無責任で非常識か、あまりにも自覚のない人たちがいる。

『工藤由香、煙崎市役所介護保険課。娘中二。特定班より』

『役所勤めの極道妻……着物で勤務してんのかな？』

『元ヤクザなんて興味ねぇよ〜ただのクズ以下じゃん』

他人のプライバシーを暴くことが、そんなに楽しいのだろうか。こんな個人情報を晒《さら》すなんて犯罪ではないか。

由香は山本の愛人で、大学時代に高級ソープ嬢として山本に巨額の金を貢いでいたという、とんでもない作り話まで出てきた。しかもその尻馬《しりうま》に乗って、俺も昔お世話になっただの、旦那《だんな》はヤクザだと自慢していただの、そうとうな好きものだっただの……吐き気を催すようなでたらめを並べ立てている者までいる。

「これが本当だったら、これ以上、工藤さんをうちで雇用することはできなくなるということです。もちろん、職員住宅も出ていってもらわないと」

「嘘です！　こんなこと、事実じゃありません」

冗談じゃない。大学卒業後に彩を産み、昼間は彩を預けてバイトして、夜はなかなか寝てくれない彩を抱っこしながら公務員試験の勉強をした。疲れ果て、バイト先のトイレで何度眠ってしまったことか。あの二年間ほどキツかったことはない。

それでも踏ん張って、やっと試験に合格して手に入れた仕事なのだ。

「いや、僕だって信じたいけど、ネットでここまで騒がれるとさ、ねえ……」

困り果てたような課長の顔を、由香は言葉もなく見つめた。

これまで築いてきた生活も、思い描いた将来の生活も、ガラガラと音を立てて崩れていく。

人の噂も七十五日だったのは、ひと昔もふた昔も前の話だ。今の時代は、事実無根の誹《ひ》謗《ぼう》中傷や捻《ね》じ曲げられた虚像が、ネットの中で永遠に生き続ける。

産廃工場の一角で、細野が神谷を殴りつけた。

「てめえ、自分がなにしたかわかってんのかゴルァ!!」

馬乗りになって、何度も拳《こぶし》を振るう。

「すいません……! こんな大事《おおごと》になると思ってなくて!」

細野の剣幕に怯《おび》えて、神谷は半泣きになっている。

「てめえのせいで、全部終わりだよ！　もう終わりだよ……！」

ほかの工員たちが、三人がかりで細野を引き離した。

山本は少し離れた場所から、その様子を呆然《ぼうぜん》と見ていた。

殺人を犯した、元ヤクザの服役囚――山本の経歴が、写真とともにネットに流れた。

そして、その写真に一緒に写っていた細野の過去まで。細野の近所の人や知り合いにバレてしまった。細野の妻はパートを辞めざるをえなくなり、世間の冷たい目に晒された妻子は家から出られなくなった。

工員たちに押さえこまれた細野は、地面に突っ伏して泣き崩れている。

五年ものあいだ世間から想像を絶する迫害を受け、ようやく一般人として普通の生活を手に入れた。それが一瞬にして水の泡になったのだ。

二、三日前にたった一枚、写真を撮っただけだ。なのになぜ、こんなことになってしまうのか……。山本には、まったく理解できなかった。

そこへ大迫が、小関を連れてやってきた。

「あ～あ……」

しょうがねえな、というように細野を見る。ヤクザをやめて真面目に働いている者まで、犯罪者と同じように目を光らせておかないといけないらしい。

大迫が山本を振り向いた。最後に会ったのは、たしか山本の裁判のときだ。

長い時間をかけてよどんだ、黒い澱《おり》のような大迫の目。牢《ろう》の中で数えきれないほど見てきたからわかる。こいつはタチの悪い犯罪者と同じだ。

山本は背を向けて去ろうとした。

「ケン坊。ヤクザ抜けたってなあ、おまえはまだしばらくはヤクザのレッテル貼られて、どうにか生きてくしかねえんだよ」

背中を追いかけてきた声に、はっきりと嘲《あざけ》りの色があった。

――クソ野郎が。くるりと方向転換し、大迫に向かって猛然と駆けだす。

「おい！　やめろ！」

大迫に飛びかかろうとした寸前、小関に邪魔された。

「なんだよ、またパクられてぇのか？」

立場の差を見せつけたいのか、大迫は薄笑いを浮かべている。

「……なにが生きてくしかねえだ。生きる権利奪ってんのそっちだろうが！」

小関を押しのけ、顔を間近に寄せて大迫をねめつけた。

両手両足を縛られたまま、五年間もどうやって生きろというのか。せっかく足を洗っても、多くのヤクザが金を稼ぐために極道の世界に逆戻りしてしまう。細野のように、食べさせなくてはならない家族がいればなおさらだ。

「そりゃあ、おまえらがしてきたこと考えりゃあ当然の報いだろう」

大迫は、フンと鼻で笑った。

「ヤクザの人権なんてなぁ、とうの昔になくなってんだよ」

周りの廃棄物を見るのと同じ目で、山本を見る。

――おまえはどうなんだ。山本は心の中で叫んだ。ヤクザよりはるかに卑劣じゃないか。おまえに人権があるくらいなら、ヤクザにだって人権があっていい。そんな人間は、世の中に掃いて捨てるほどいる。

細野は身を縮め、涙と鼻水で顔をぐしゃぐしゃにして嗚咽《おえつ》している。みんな遠巻きに見ているだけで、誰も近づこうとしない。細野と仲がよかった工員ですら、迷惑そうな顔をして声をかける素振りもなかった。

ただ普通に生きたいだけの人間を、どうして社会は拒絶するのか。ヤクザもだめ、一般社会にもつま弾《はじ》きにされる山本たちのような人間が生きていく場所は、どこにあるというのか。

山本には、わからないことだらけだ。

山本が市営団地に帰ってきたのは、夕飯の時間もずいぶん過ぎてからだった。

玄関の鍵は開いていた。嫌な予感に襲われながら、ドアを開けて中に入る。

いつもなら温かい料理の匂いがして、彩が観ているテレビの音や、勉強しなさいという由香の小言が聞こえてくる。

なのに台所に火の気はなく、ひっそりとした部屋は電気もついていなかった。

部屋の入り口まで行く。由香は薄暗い和室に座って、携帯を握りしめていた。

「……何度も電話したんだけど」

暗い声だった。よくないことが起きたと確信させるには、十分すぎるほどの。

「すまん……」

心配でたまらなかったが、大迫に足止めされてしまったのだ。

「……彩は」

「帰ってこない」

今どき、スマホを持っていない中高生はいない。ほとんどの子が肌身離さずスマホをいじっている。ＳＮＳの情報をキャッチする速さは、大人の比ではない。

噂はあっという間に学校じゅうに広まったに違いなかった。

「……ねえ、いっこ聞いていい？」

見えない壁があるように、山本は入り口に立ったまま動けないでいる。

「なんで、私に会いにきたの？」

会いたかったからだ。なにもかもあきらめて生きていた山本が、初めて心の底からあきらめたくないと、大事にしたいと思ったからだ。

「答えて！」

由香が立ち上がって、山本に向かって叫ぶ。

「あんたが来るまでは、全部順調だった！　あんたのことを忘れて、彩のために十四年間がむしゃらに生きてきた！　あんたが……あんたが、私たちの前に現われたりしなければ！」

投げつけるように言うと、由香は泣きながらその場にうずくまった。

「あんたさえ……」

うずくまったまま肩を震わせる。

山本はなにも言えなかった。刃《やいば》のように突き刺さる由香の言葉を、ただ黙って胸に受け止めていた。

本当にもうだめなのか。いや、やっとこれからなんだ。彩に父親の名乗りをあげ、どこでもいい、誰も知り合いのいない土地に引っ越して、親子三人で再スタートを切る。

「……あんたなんて、好きにならなきゃよかった……」

好いていてくれたのだ。その気持ちにすがりつくように近づいていき、由香の前にしゃがみ込む。

簡単ではないかもしれないが、きっとどうにかなる。由香と彩のためなら、どんな屈辱にも耐えてみせる。これまで由香が頑張ってくれた分、死に物狂いで働いて、少しでも楽をさせてやりたい。

「……由香」

伸ばした手は、しかし由香の肩に辿《たど》り着く前に拒否された。

「出てって！」

うずくまった姿勢で、泣きじゃくりながらあとずさっていく。

「……お願いです。出ていってください……」

聞いたことのないような、か細い声だった。由香は手をつき、懇願するように畳に額をつけている。

——望むことすら、許されないのか。

山本の目に涙が滲《にじ》む。

由香は最後まで、ついに顔を上げなかった。

翼が小さいころ、愛子は過保護ではないが、口うるさいほうだった。口紅ひとつ差さずに働く母親の姿を見て育った翼は、それが愛情だとわかっていたから、感謝こそすれ反抗したことはない。

……まあ、たまに口応《くちごた》えくらいはしたかもしれないが。

父親のことは、その筋の人間だったのかな、とは漠然と思っていた。ヤクザに可愛がってもらっている子供など、翼の周りにひとりもいなかったからだ。

だが翼にとって、優しく面倒をみてくれる柴咲組の人たちは特別だった。

柴咲は父親のような安心感を与えてくれた。山本は頼れるカッコいい兄貴。愛子も柴咲を頼っていたし、山本たちを可愛がっていた。

山本に会えなくなり、ほかの人たちの足が遠のくようになってからも、翼は柴咲組に、血の繋《つな》がりのない家族のような淡い気持ちをずっと持ち続けていた。

そんな山本が今にも死にそうな顔をして、カバンひとつでやってきた。

「こういうときだから、一緒にいたほうがいい」

愛子はもう一度家族のところに帰るよう勧めたが、山本は黙って首を振り、酒を呷《あお》るばかりだ。

男同士のほうがいいだろうと考えたのか、愛子はあとを翼にまかせて、厨房《ちゅうぼう》に引っ込んだ。

「ケン兄」

「ん？」

「俺でよければ、面倒みますから」

山本が苦笑いして、翼を見る。

「ほら、最近景気よくて、来月、三店舗くらい増やすかって話してるんすよ」

恩返し。言葉にすると陳腐だが、義理人情と同じように今では廃れた極道の世界の理《ことわり》が、翼は嫌いではない。

「……ありがとな、翼。大丈夫だよ」

山本は微笑み、ビールを呷る。

「大丈夫って言う人、たいてい大丈夫じゃないっすよ」

冗談めかして言ったが、真実だ。現に目の前の山本には、絶望しか感じられない。

こんなときに知らせるべきかどうか迷ったが、翼は手遅れになることを恐れた。

「……ケン兄。柴咲組の親分、危篤状態が続いてるみたいです」

山本は、驚きはしなかった。ただ瞳《ひとみ》に絶望の色が増しただけだ。

「俺が言うことじゃないと思うんですけど、やっぱ、組長は会いたいんじゃないですか？　なんて言うか、家族みたいなもんじゃないですか」

翼の言葉を噛《か》みしめるように、山本はしばらく黙り込んだ。やがて上着のポケットから一万円札を出してテーブルに置くと、おもむろに立ち上がった。

そして、むかし勉強していた翼によくしていたように、優しくその頭を撫《な》でた。

「……ありがとな」

小さい頃は大きく感じた手が、今はむしろ頼りない。けれど温かさはそのままで、翼は泣きたいような気持ちになった。

「ケン兄」

帰り支度を終えた山本に、立ち上がって近づいていく。

「あと俺、親父殺したやつ見つけたんすよ」

厨房の愛子に聞こえないよう、小声で言った。

表向き、犯人は俠葉会の鉄砲玉ということになっている。その男は前科があったために今も刑務所で服役しているが、じつは実行犯は別にいる。

翼は大迫から、その男の名前をはっきり聞いた。

「……翼」

山本の表情が曇る。言いたいことは、察せられた。

「ケン兄。俺は大丈夫だから」

翼は先回りして、きっぱり言った。止めてもらうために教えたんじゃない。ただ山本には知っていてほしかった、それだけだ。

山本は惑っているような表情で、じっと翼を見つめている。そして、なにを言っても無駄だと思ったのか、黙って翼を抱きしめた。

まるで翼のすべてを引き受けるかのように、その腕の中に包み込む。

「……愛子さん、大事にしろよ」

翼から体を離し、肩をポンポンと軽く叩《たた》くと、山本はカウベルを鳴らして店を出ていった。

なりゆきを心配そうに見守っていた愛子が、厨房から出てきた。

「ありがとね、翼」

母親に面と向かって礼を言われると、少々面はゆい。

だんだん素行が悪くなっていく息子を内心では憂えていただろうが、愛子は父親のことを話したあと、翼の行動にいちいち口を出さなくなった。

最後のところでは、翼を信じてくれているのだと思う。

「ねえ、母さん」

「ん？」

「俺がいなくなったら寂しい？」

「なに言ってんだい、当たり前だろ」

愛子は呆《あき》れ顔をした。

「……知ってる」

皺《しわ》の増えた母親に、翼は微笑んだ。

父親の分も、いやそれ以上、抱えきれないほどの愛情をもらった。

――だからこそ、許せないこともある。

危篤状態に陥った柴咲は、意識が遠のいたり戻ったりを繰り返していた。

朦朧《もうろう》とした頭の中を、自分の来し方が途切れ途切れに流れていく。

柴咲は両親の顔を知らない。父親は出征して遺骨も戻らず、戦火の東京から煙崎市に逃れてきた母親は、柴咲を出産してほどなく他界した。

幼少期は、親戚《しんせき》をたらい回しにされて育った。だが生来の負けん気と、古き良き時代の町の人々が可愛がってくれたおかげで、戦後の厳しい時代を生きられた。腕っぷしが強かったことも大きかった。

極道の世界に身を預けることになったのは、たまたま居合わせた抗争の場で、松桜会の若頭に見初められたからだ。

いろいろあったが、それほど悪い人生ではなかったと思う。

柴咲組の組長になり、心の奥で渇望していた「家族」を持てたことは、人生最大の喜びだった。本気で惚《ほ》れた女もいたが、だからあえて結婚はしなかった。

後悔は、木村と大原を死なせてしまったこと。気がかりは、息子のように思っている山本のこと――。

酸素マスクの下でふいに大きく息を吸い、柴咲はうっすらと目を開けた。

「……ケン坊」

たしか枕元には竹田がいたはずなのに、いつ来たのか、山本が座っていた。

「親父……」

両手でしっかり柴咲の手を握っている。

――ああ、だから呼び戻されたのか。

「まだ、親父なんて、呼んでくれるんだな……」

目じりを下げて微笑む。

「俺の父親は、親父しかいませんから」

大の男が泣いたりしちゃあおかしいぞ。そう言おうとしたが、柴咲の目にも涙が溢《あふ》れた。

「……親らしいこと、なにも、してやれなかったのになぁ」

滂沱《ぼうだ》の涙を流しながら、山本が首を横に振る。

「……ケン坊」

「はい」

息が続かず、柴咲はしばらく荒い呼吸を繰り返した。

もう、これが最後になるだろう。ほかには、なにもしてやれないから、これだけは。

「家族、大事に、な」

「……はい」

苦しげに息をしながら、柴咲は目をつむった。

徐々に意識が薄れていく。

けれどその手は、終焉《しゅうえん》を迎えようとしている人間とは思えないほど、山本の手を強く握り返していた。

閑散とした事務所に、うっすら埃《ほこり》が舞う。

豊島は松田を連れ、シラスウナギの密漁に行ったようだ。

殴り込みをかけられる心配もなくなって、役目を終えた監視カメラは長い眠りについていた。

山本は、柴咲にもらったコートをポールハンガーにかけ、丁寧にゴミと埃を払った。

病院には、竹田と中村がいる。長年苦楽を共にしてきた弟と長男がそばについていれば、親父も安心して旅立てるだろう。

ソファに腰かけ、無人の事務所をゆっくり見回してから、携帯を取り出す。

電話をかけると、留守番電話サービスに繋《つな》がった。

ひとつ、大きな深呼吸をする。

「……もしもし。俺だ。いろいろと悪かった。俺のせいでこんなことになって……」

乾いた街には珍しく、雨が降っていた。

濡《ぬ》れた夜の舗道を、半グレの一団が歩いていく。手にはおのおの、金属バットや鉄パイプを持っている。

先頭を行くのは、ずぶ濡れの翼だ。

そのぎらぎらした眼差《まなざ》しには、確固とした殺意が見て取れる。

仇討《かたきう》ちだ。人を陥れて私腹を肥やしまくっているような薄汚い豚は、嬲《なぶ》り殺しにしてやる。

普段は人一倍冷静なのに、いったんカッとなると見境がなくなるのは、鉄砲玉になって死んだ父親譲りなのかもしれない。

いつもの中華料理店の個室で、加藤と大迫は祝杯をあげていた。

ついさっき、柴咲が死んだ。

ほとんど形骸《けいがい》化していたとはいえ、柴咲組の名前にはまだそれなりに力がある。死にぞこないの柴咲は、加藤にとって、いわば目の上のたんこぶだった。

だが、これで柴咲組は完全に終わった。残りは老いぼれふたりとシャブ中、あとは雑用係の下っ端で、わざわざ手を煩わせる必要もない。

大迫には太いパイプをいくつも作らせておいた。そのために、しがない公務員が一生手にできないような大金を与えてやったのだ。

今後も加藤は帝王として、この街の裏社会に君臨する。大迫は悠々自適の隠居生活が待っている。

ふたりが舌鼓を打っていると、ふいに扉が開いた。

振り返った大迫の顔に、フルスイングのバットがのめり込んだ。

北京《ペキン》ダックの上に血が飛び散る。

次は加藤の後頭部がバットの餌食《えじき》になった。

食べようとしていた鱶鰭《ふかひれ》スープに顔を埋《うず》め、その頭に、何度も何度もバットが振り下ろされる。

ふたりの血に染まった山本は、人ではなく、阿修羅《あしゅら》の形相をしていた。

——翼。おまえはまっすぐ生きていけ。

山本はひとり、堤防に座って夜明けの海を眺めていた。

手で拭《ぬぐ》いもしなかったので、返り血がそのまま黒く固まって、顔や体にこびりついている。

大事なものは、すくった砂のように全部指の隙間をすり抜けていった。せめて、愛子と翼は守ることができただろうか。

遠くの水平線を見ながら、最後の一服を味わう。次はもう塀の外に出られることはないだろうから、海もこれが見納めだ。

遠くでスクーターの音が聞こえる。なにか捜しているのか、あっちへこっちへと、ずいぶん飛ばしているようだ。

やっぱり、ロクな人生じゃなかった。いつだったか、血は争えねえなと大迫に言われたことがある。それだけは奴の言うとおりだった。

……そろそろ行くか。

山本はゆっくり立ち上がった。名残惜しそうに海を目に焼き付け、体の向きを変えた、その刹那《せつな》――。

誰かが山本に突進してきた。

「うっ！」

ぐぶっと音がして、口から血が溢れた。

「あんたがぁ……あんたさえ、戻ってこなければ……」

細野が、泣いていた。

憔悴《しょうすい》しきった顔に、絶望を浮かべて。

「ちくしょう……ちくしょう、兄貴……」

大粒の涙をぼろぼろこぼしながら、包丁を持つ手に力を込めて、さらに強く突き刺してくる。

——おまえにこんなこと、させちまった……。

刺された痛みより、細野の泣き顔がかわいそうでたまらなかった。

山本は、血まみれの手で細野を抱きしめた。

「……細野……」

泣きじゃくっている弟に、山本は優しく微笑んだ。

「ごめんな……」

自ら体を離して包丁を抜き、痛みを堪《こら》えながら細野の顔を両手で挟む。

おまえは少しも悪くない。だから気にするな——。

けれど言葉は、声にならなかった。

山本は大量の血を吐いてくずおれ、そのまま海に落ちていった。

由香はけっきょく、市役所に辞表を提出した。

あんなに学校生活を楽しんでいたのに、彩も転校することになった。由香以上に肩身の狭い思いをしただろうことは、想像に難くない。

十二年暮らした職員住宅の市営団地を出て、車に身の回りの荷物を積み込み、新しいアパートに向かう。大きな荷物は、すでに送ってあった。

こんな噂が広まってしまったら、もう公務員は無理かもしれない。しばらくは貯金で食べていけるが、早く仕事を探さなければ……。

助手席の彩は、なにか考えているふうに窓の外を見ている。由香を気遣ってか、山本のことはいっさい訊《たず》ねてこない。

自分はどうなってもいい。けれど彩の笑顔を守るためなら、どんなことでもする。たとえ愛した男を傷つけて、突き放したとしても。

携帯の留守電に入っていた山本のメッセージが、頭の中で蘇《よみがえ》った。

口下手な山本が一生懸命話してくれた想いを、由香は一生、忘れないだろう。

……ごめんね、山本さん。

拭っても拭っても、涙が頬を伝って流れ落ちた。

——由香。短い間だったけど、本当の家族みたいに一緒に暮らせて、幸せな時間だった。

普通の人間になりたかった。

普通の生活をしたかった。

真面目に働いて、真っ当な人間になって、少し退屈でもいいから、休みの日は一緒に遊んだり……そんな生活がしたかった。

十四年間、ずっとおまえのことばかり考えてた。俺たちの子供がいるってわかったときに、すべてを投げ出しておまえたちを守りたいと思った。

でも、そんな自分の存在が、おまえたちを傷つけてしまった。本当にすまない。

由香、もう一度会いたい。

おまえと、彩に会いたい。

最後に、彩を産んでくれてありがとう。

……愛してる。

エピローグ

翼は、堤防に花束を置いた。

一ヵ月前、山本が死んだ場所だ。

その日のうちに、細野が警察に自首していた。妻と娘に去られ、その原因を作った山本を逆恨みしての犯行だという。

翼は、細野にもずいぶん可愛がってもらった。だからというわけではないが、きっと、そんなに簡単に片づけられるようなことじゃない。

しゃがんでタバコをくわえ、火をつける。山本が若い頃から一貫して喫《す》っていた、セブンスターだ。

ひと吸いして花束のそばに置き、残りの箱ごと供える。

翼たちが中華料理店に到着したとき、すでにパトカーと救急車が来て大騒ぎになっていた。

侠葉会の組員が数人、やられている。いったいどういうことだと、翼は混乱した。

警官の制止を振り切って強引に中に入っていくと、担架で運ばれていく血まみれの大迫とすれ違った。鼻が折れているのがひと目でわかる。

別の警官を押しのけて個室を覗《のぞ》いた翼は、声を失った。

父親を殺した本当の犯人——加藤が、頭を割られた瀕死《ひんし》の状態で救急隊員に救命処置を受けていた。

……ケン兄だ。

食堂を去るときにはもう、こうすることを決めていたに違いない。

ケン兄が守ってくれたのだと、翼は悟った。

これでもう、終わりにしろと——。

日が傾いて、少し寒くなってきた。翼はダウンジャケットのポケットに手を突っ込み、立ち上がった。

すると向こうから、小さな花束を持った中学生くらいの女の子がやってきた。肩までの髪を揺らし、白いマフラーを巻いている。

翼がなにも言わず通り過ぎようとすると、

「……あんたヤクザ？」

と、声をかけてきた。

「ちげーよ。今の時代、ヤクザなんて食えねーだろ」

受け流して行こうとすると、また呼び止められた。

「ねえ」

「あ？」

めんどくせえな、という顔で振り向く。

「……お父さんって、どんな人だったの？」

翼の表情が固まった。

この子は、ケン兄の——。

彩は切羽詰まったような、それでいて強い眼差《まなざ》しを翼に向けている。

どう答えればいいのか、なにを言えばいいのか。いろんな感情が渦巻いて、頭の中が整理できない。

——ただ、どうかきみだけは、ケン兄のことを知っていてほしい。

翼の目が潤む。なのになぜだか、笑いが込み上げた。

翼は涙を笑顔に変え、彩に言った。

「……少し、話そっか」

こくんと彩がうなずく。

翼は今来たほうへ戻りはじめた。彩もあとからついてくる。

堤防の先の海に、光の道が輝いている。

太陽が落ちるまで、まだ時間はある。終わらなければ、また話してやればいい。それでも足りなければ、また今度……。

さざ波が、死んでいった者たちへの鎮魂歌のように静かな音色を奏でていた。

本書は、映画『ヤクザと家族 The Family』の脚本をもとに書き下ろしたノベライズです。

ヤクザと家《か》族《ぞく》

原案／藤《ふじ》井《い》道《みち》人《ひと》　ノベライズ／豊《とよ》田《だ》美《み》加《か》

令和3年 3月25日　初版発行
令和6年 10月30日　3版発行

発行者●山下直久

発行●株式会社KADOKAWA
〒102-8177　東京都千代田区富士見2-13-3
電話　0570-002-301（ナビダイヤル）

角川文庫 22598

印刷所●株式会社KADOKAWA
製本所●株式会社KADOKAWA

表紙画●和田三造

●お問い合わせ
https://www.kadokawa.co.jp/（「お問い合わせ」へお進みください）
※内容によっては、お答えできない場合があります。
※サポートは日本国内のみとさせていただきます。
※Japanese text only

ISBN 978-4-04-111234-2　C0193

◆◇◇

角川文庫発刊に際して

角　川　源　義

第二次世界大戦の敗北は、軍事力の敗北であった以上に、私たちの若い文化力の敗退であった。私たちの文化が戦争に対して如何に無力であり、単なるあだ花に過ぎなかったかを、私たちは身を以て体験し痛感した。西洋近代文化の摂取にとって、明治以後八十年の歳月は決して短かすぎたとは言えない。にもかかわらず、近代文化の伝統を確立し、自由な批判と柔軟な良識に富む文化層として自らを形成することに私たちは失敗して来た。そしてこれは、各層への文化の普及滲透を任務とする出版人の責任でもあった。

一九四五年以来、私たちは再び振出しに戻り、第一歩から踏み出すことを余儀なくされた。これは大きな不幸ではあるが、反面、これまでの混沌・未熟・歪曲の中にあった我が国の文化に秩序と確たる基礎を齎らすためには絶好の機会でもある。角川書店は、このような祖国の文化的危機にあたり、微力をも顧みず再建の礎石たるべき抱負と決意とをもって出発したが、ここに創立以来の念願を果すべく角川文庫を発刊する。これまで刊行されたあらゆる全集叢書文庫類の長所と短所とを検討し、古今東西の不朽の典籍を、良心的編集のもとに、廉価に、そして書架にふさわしい美本として、多くのひとびとに提供しようとする。しかし私たちは徒らに百科全書的な知識のジレッタントを作ることを目的とせず、あくまで祖国の文化に秩序と再建への道を示し、この文庫を角川書店の栄ある事業として、今後永久に継続発展せしめ、学芸と教養との殿堂として大成せんことを期したい。多くの読書子の愛情ある忠言と支持とによって、この希望と抱負とを完遂せしめられんことを願う。

一九四九年五月三日

角川文庫ベストセラー

ＳＰＥＣ～零～

原案／西荻弓絵
ノベライズ／豊田美加
原作／里中静流

家族を飛行機事故で失った当麻のもとに柴田純という刑事がやって来て言った。「当麻の家族はスペックホルダーに殺された」――。すべての謎が解けるＳＰＥＣの原点が小説に。

劇場版ＳＰＥＣ～結～漸ノ篇

脚本／西荻弓絵
ノベライズ／豊田美加

当麻と瀬文は姿を消した里子と潤を追う。一方サブトラス会議では、シンプルプランをめぐり国家対立が勃発。すべてを冷ややかにながめる、全身白ずくめの謎の男と女が現れ……。壮大なクローズ、前編！

劇場版ＳＰＥＣ～結《クローズ》～爻《コウ》ノ篇

脚本／西荻弓絵
ノベライズ／豊田美加

スペックホルダーを壊滅させるシンプルプランの正体が明らかになった。何者にも代えがたい仲間の命を犠牲にして……。ファティマ第三の預言とは？　ガイアの意図とは？　当麻と瀬文の運命は？　感動の結末！

ハードナッツ！
数学ｇｉｒｌの恋する事件簿

脚本／蒔田光治
山浦雅大
徳尾浩司
ノベライズ／豊田美加

ミステリのヒットメーカー蒔田光治が放つＮＨＫドラマのノベライズ。連続爆破テロ、偽装殺人、企業恐喝事件など数々の難事件を、女子大生くるみが数学を駆使して解決していく数学ミステリ！

ヤメゴク Ⅰ

脚本／櫻井武晴
ノベライズ／豊田美加

ヤクザの組織離脱を助ける警視庁「足抜けコール」に異動した元マル暴刑事の三ヶ島翔は、暴力団に激しい恨みを持つ女性警察官・永光麦秋に出会う。麦秋が隠す秘密、そして翔が抱える苦悩とは!?

角川文庫ベストセラー

ＡＸアックス
伊坂幸太郎

超一流の殺し屋「兜」が仕事を辞めたいと考えはじめたのは、息子が生まれた頃だった。引退に必要な金を稼ぐために仕方なく仕事を続けていたある日、意外な人物から襲撃を受ける。エンタテインメント小説の最高峰！

すじぼり
福澤徹三

ひょんなことからやくざ事務所に出入りすることになった亮。時代に取り残され、生きる道を失っていく昔ながらの組の運命を、人生からドロップアウトしかけた青年の目を通して描く、瑞々しい青春極道小説。

鬼の跫音
道尾秀介

ねじれた愛、消せない過ち、哀しい嘘、暗い疑惑――。心の鬼に捕らわれた6人の「S」が迎える予想外の結末とは。一篇ごとに繰り返される奇想と驚愕。人の心の哀しさと愛おしさを描き出す、著者の真骨頂！

球体の蛇
道尾秀介

あの頃、幼なじみの死の秘密を抱えた17歳の私は、ある女性に夢中だった……狡い嘘、幼い偽善、決して取り返すことのできないあやまち。矛盾と葛藤を抱えて生きる人間の悔恨と痛みを描く、人生の真実の物語。

透明カメレオン
道尾秀介

声だけ素敵なラジオパーソナリティの恭太郎は、バー「if」に集まる仲間たちの話を面白おかしくつくり変え、リスナーに届けていた。大雨の夜、店に迷い込んできた美女の「ある殺害計画」に巻き込まれ――。